經濟寒冬怎麼過

如何逆勢崛起

韓秀雲 著

中和出版
OPEN PAGE

中

目錄

第2章　能源短缺，席捲全球

第 **5** 章　**美國圍堵升級**

前　言

2023 年開啟了，我們處在經濟寒冬中。

從 2020 年開始，各國都在防控新冠病毒感染。兩年後，俄烏衝突爆發。

回顧歷史，戰爭和瘟疫總是相輔相成。1918 年的大流感讓第一次世界大戰草草收場。這次疫情讓各國經濟陷入困境。俄烏開戰，美歐國家制裁俄羅斯，引發了美俄衝突、俄歐衝突、中美衝突。爆發的能源危機、糧食危機、通脹危機和美國加息，把全球經濟帶入寒冬。如何度過這場寒冬，對國家和個人來說都是一場巨大的考驗。

本書分析了美俄大國博弈，能源和糧食危機，美國大幅加息，人民幣和美元誰會贏，美國在軍事上、科技上、人民幣匯率上圍堵中國，中國在航天、航空、太空站、北斗導航、航母

艦隊上逆境崛起。我國面臨的難題是：樓市還將跌多久，經濟還會冷多久，我們如何度過寒冬。這是一本淺顯易懂的書，無論文化高低、學識深淺，相信你都能讀懂它。

這場寒冬還要持續多久，我們不得而知。但我們知道的是，如果疫情和戰爭不停止，寒冬就不會結束。看看歐洲有多慘：沒有能源，缺少糧食，經濟要倒退很久。美國也好不到哪裡去，物價高漲，利率提高到 4.5% 還沒有控制住通貨膨脹，美國人這個冬天就更難過了。東南亞像越南、菲律賓等國也都困難重重。

當今世界，沒有哪個國家敢說自己不處在寒冬中。俄羅斯雪上加霜，印度也無法置身事外，英國就更別提了。舉目望去，全球經濟都處在瑟瑟寒冬中。20 世紀 30 年代的「大蕭條」至今讓人記憶猶新。近年來的新冠病毒感染疫情和俄烏衝突導致全球經濟寒冬，人們擔憂的是：接下來會爆發樓市、股市、債券市場和金融危機嗎？

目前各行各業都不景氣，互聯網大廠也經歷了裁員潮。經濟形勢不好，科技企業更不景氣。誰都不清楚明天是否還有工作，會不會被裁員，工作沒了怎麼辦，也不知道自己的公司還能堅持多久。但過冬需要取暖和食品，需要工作和收入，需要掙錢養家餬口。

寒冬對富人的影響是有錢無處投資，對中產階層的影響是返貧，對窮人的影響是找不到工作。眼下全球處在經濟蕭條、通貨膨脹、工資下降、消費低迷之中。寒冬會凍死一批人，也會餓死一批人。

　　2009 年有個美國電影《後天》，是一部大型災難片。紐約突發洪水海嘯，氣候突變，忙着跑路的人因為暴風雪太大都被凍死餓死在路上。那些藏在圖書館裡的人倖存下來，他們保存了體力，靠着燒書等來了救援。電影表現的是自然界寒冬，眼下我們面臨的是經濟寒冬，這裡有行業寒冬、企業寒冬、個人寒冬。我們要認清形勢，堅守崗位，穿好棉衣度過寒冬。

　　衷心希望 2023 年世界和平，疫情遠離，經濟回暖。作為個人，我們不能左右宏觀經濟的走勢，但我們可以管好自己。千萬別貿然辭職，沒準備好也不要投資創業。企業要認清形勢，保持現金流，選對賽道。相信這場寒冬終將過去，千萬別倒在黎明前。

第 **1** 章

美俄博弈，經濟寒冬

俄烏衝突對全球經濟的影響

　　2022 年 2 月 24 日，俄羅斯和烏克蘭衝突爆發了。誰都沒想到會這麼快，全球的資本和商品市場都受到了劇烈衝擊，俄羅斯大盤指數一度下跌了 50%，歐洲主要股市、中國 A 股和港股都未能倖免；大宗商品價格卻悉數上漲，紐約原油價格大漲了 9%。

　　實際上，這場衝突帶來的影響遠不止股市的暴跌，它對全球的經濟形勢和人們的生活都有深刻影響。先來說全球的經濟形勢。作為交戰雙方的俄烏受影響最大。對俄羅斯的影響主要體現在，它會遭受嚴重的經濟制裁，如資本封鎖、商品封鎖等。俄羅斯經濟的支柱是石油、天然氣等大宗商品出口，由於戰爭影響，石油和天然氣商品紛紛漲價，暫時有利於俄羅斯的經濟，因此，俄羅斯實際上受到的衝擊不會有美國期望

的那麼大。

烏克蘭恐怕就會悲觀一些了。烏克蘭是重要的糧食出口國，糧食運輸靠海運，在軍事衝突下，海運會被波及甚至被迫暫停。據我國央視報道，烏克蘭排名前 100 的富豪跑了 96 個。烏克蘭是典型的寡頭經濟，如果局勢持續動盪，大富豪的逃離就會加劇烏克蘭經濟的脆弱性。早在衝突爆發前，烏克蘭就出現了較為嚴重的通貨膨脹，2022 年 1 月，烏克蘭主要食品價格上漲了 20%，食用油漲幅達到 26%。衝突爆發後，烏克蘭貨幣大幅貶值，傳導至商品價格，加劇了通脹，烏克蘭人的日子更加難過了。

對歐洲各國來說，俄烏衝突帶來了能源市場的動盪。歐洲天然氣主要來自俄羅斯，而俄羅斯的輸氣管道有 1/3 要經過烏克蘭。俄烏衝突升級，在短期內會導致油價和天然氣價格上漲，歐洲人的生活成本提高。從長期來看，在美國的強勢干預下，歐洲會逐漸減少俄羅斯能源的進口額，轉而向美國尋求能源供給，但將美國天然氣運到歐洲要靠船，運輸成本遠高於管道運輸，這樣一來，歐洲這個冬天會很冷，它們會遭遇天然氣的供給難題。

俄烏衝突對中國的影響利弊共存。有利方面除了新能源，更多體現在人民幣出海上。2022 年 2 月 14 日，人民幣匯率突

然走強，一度漲到 1 美元兌 6.368 1 元人民幣，創下了 2018 年 5 月以來的新高。隨着戰爭的臨近和爆發，人民幣成為避險資產，有國際機構擔心歐美發動金融制裁，俄羅斯企業或跟俄羅斯進行貿易的他國企業，都有減持美元、歐元，增持人民幣的需求。

不利方面同樣明顯，最直接的就是能源價格和糧食價格。在能源方面，我國是能源進口國，2021 年石油對外依存度為 72%，天然氣為 45%，國際能源價格的上漲會推高國內能源成本；在糧食方面，我國有 30% 的玉米主要靠從烏克蘭進口，這部分玉米能否正常供應是個問題，即使能正常供應，其價格也會大大提高，2022 年 1 月到 2 月，國際玉米價格已經漲了 20%。

回到國人的生活，俄烏衝突的影響難以避免。如汽油價格，未來大概率會繼續上調。但在糧食安全方面我們不必擔心，雖然來自烏克蘭的糧食進口會受到影響，但國際上賣家很多，而我國一直多元化進口糧食，不過糧價會有所提高，這與國際期貨價格綁定。對養殖戶的影響則會放大，因為生豬供給加大，豬肉價格已跌到成本線以下，飼料在養殖成本中佔比 75% 左右，飼料中 60%~70% 是玉米，可見玉米對養殖的重要性，對養殖戶來說，2022 年更加艱難。

俄烏關係緊張，金價上漲

俄烏衝突爆發後，全球市場開始動盪不安。各國都開始大規模避險，總有戰爭不確定性的消息傳來，導致人們情緒緊張且擔憂。投資者正以最快的速度把資金從風險資產中撤出來，去搶購黃金，導致金價大幅衝高。

有人判斷，人們無休止地買入黃金，金價可能要漲到 2 000 美元 1 盎司。而早在 2020 年，金價就衝到了 2 000 美元 1 盎司。世界黃金協會最新公佈的數據顯示，受外部因素衝擊，2021 年全球央行大幅購買了 463 噸黃金，較 2020 年增加了 82%，比最近 5 年平均水平高出 39%，這使得全球央行黃金儲備總量達到近 30 年來的最高水平。預計未來有 21% 的全球央行會繼續購買黃金。

更有甚者，荷蘭央行 2022 年 2 月 23 日在其網站上暗示說，黃金還可以作為再次建立貨幣系統的基礎，以防止美元系統崩潰，這種言論讓市場感到意外。難道荷蘭央行還要恢復金本位制嗎？金本位制是指發行貨幣的背後用黃金做儲備。歷史上曾經出現過英鎊金本位和美元金本位。後來由於經濟的發展，黃金的數量遠遠趕不上紙幣的數量，黃金就退出了流通領

域，不再作為貨幣存在，只保留了黃金的消費功能和儲備功能，其中最重要的是黃金的避險功能。

目前世界上有兩種不確定性風險：一是 2020 年外部因素帶來的風險，導致黃金暴漲到 2 000 美元 1 盎司；二是俄烏衝突導致黃金又開始漲價。在外部因素和戰爭的情況下，黃金在貨幣金融系統中依然能起到安全錨的作用。比如，船舶在航行時遇到 8 級以上的大風浪，船要躲進避風港，放下船錨避過風浪，否則有可能會翻船。黃金就是安全錨。所以，俄烏衝突讓黃金再次為人們所重視，成為貨幣背後的支撐。

中國對黃金市場的消費需求不斷攀升。據瑞士海關數據顯示，2021 年 1 月至 12 月，瑞士對中國市場的黃金出口量增長至 4 年來的最高水平。瑞士是全球最大的黃金精煉和轉運中心。2022 年 2 月，約 198 噸黃金從歐美運抵中國市場。

金價上漲還有一個原因，就是人們不看好美國國債，擔心美元加息。

為何人們要搶黃金？因為美國央行貨幣政策大放水，導致美國國債遭遇大幅拋售，人們看到美國國債都在賣出，擔心美聯儲加息。當不看好美國國債時，人們買甚麼好呢？美國國債的供應加大和高通脹，使得美國國債資產貶值。美國實行的是零利率政策，買美國國債的實際收益率是負的，而美國債務赤

字總額已達到 31 萬億美元。

截至 2021 年 2 月，在 1 年半的時間裡，包括英國、日本、沙特阿拉伯、中國、俄羅斯、土耳其、巴西、法國、印度、比利時、加拿大、德國、泰國及瑞士等國在內的多個主要美國國債買家，一直保持減持美國國債的態勢。日本、俄羅斯、德國等美國國債大買家，很有可能會在接下來的時間裡大量減持美國國債，累計數額會高達 9 000 億美元。

現在美國通脹率處於高位，各國都擔憂美國通脹失控，加上俄烏局勢緊張，這些從美國國債中撤出來的資金紛紛湧入有着不錯表現的戰略資產，如黃金等，因此金價就漲了起來。黃金被認為是可以對沖通脹和地緣風險的工具。俄烏地緣的緊張局勢，將助推金價打開上行空間。如果想選擇黃金，那麼你一定要注意不確定性風險。

金融制裁的代價

2022 年 2 月 26 日晚，美國與歐洲主要盟友達成一致，將把數家俄羅斯銀行從 SWIFT（國際資金清算系統）中剔除，作為對俄羅斯的最新制裁手段。這個支付系統素有「金融核武

器」之稱。它是全球銀行業的「信息系統」，各國都習慣用它確認訂單、付款和交易等。比如，俄羅斯的石油、天然氣、糧食資源的出口基本上都靠這個系統。一旦被禁止使用，那就意味着俄羅斯的國際貿易會遭遇全方位衝擊，進而影響到其經濟和金融的穩定。

但是，美歐制裁俄羅斯的後果是甚麼？如果俄羅斯不接受制裁會怎樣？

回溯歷史，在一戰結束時，英、法、美等 27 個戰勝國在巴黎開會，一起研究這次戰爭由誰買單。德國是戰敗國，沒資格參加會議，於是各國說讓德國買單。當德國接到巴黎和會的裁決時傻眼了，這張罰單太大了，每年罰 1 320 億德國馬克，相當於 1921 年德國商品出口總值的四分之一，德國人根本拿不出這筆錢。法國害怕德國賴賬，就聯合比利時、波蘭出兵，佔領德國的經濟命脈魯爾區，導致德國工人開始罷工。德國政府讓工人停工回家，1 噸煤都不讓法國挖走，但照樣給工人發工資，這就加劇了通貨膨脹。巴黎和會的賠款額是用德國馬克償還的，德國政府就讓德國馬克貶值，最後貶值到只用四分之一德國馬克就還了罰款，這是多大的笑話。一戰對德國懲罰太重，導致德國納粹上台，第二次世界大戰爆發，數千萬人戰死沙場，這個懲罰的代價太大了！

美歐國家對俄羅斯的嚴厲制裁，如果把俄羅斯逼急了，就可能導致未來戰爭的爆發，這為世界更大的不確定性埋下了隱患。有德國的前車之鑑，我們絕不能讓歷史悲劇重演。人類不該在同一個地方跌倒兩次。

　　近年來，俄羅斯經濟原本就不景氣，2011 年俄羅斯 GDP 是 2.05 萬億美元，2021 年的 GDP 是 1.78 萬億美元。過去 10 年，俄羅斯經濟一直處於負增長狀態。特別是 2014 年烏克蘭危機爆發後，國際貨幣基金組織估計，制裁使俄羅斯 2014—2018 年的經濟增長率每年下降 0.2 個百分點，導致俄羅斯日子很難過。現在好不容易熬過來了，如果再次遭遇 SWIFT 制裁，未來的俄羅斯經濟還將面臨更大的增長壓力。就拿石油和天然氣生產創造的國際利潤來說，這兩部分利潤合計佔到俄羅斯財政收入的 40% 以上，這可是個不小的數字。

　　當今世界各國彼此相連，誰也離不開誰。如果歐洲國家與俄羅斯發生衝突，歐洲國家的損失遠大於美國。歐洲國家在能源上高度依賴俄羅斯的天然氣。例如，德國 34% 的石油和 65% 的天然氣都是從俄羅斯進口的。對歐洲人來說，即使願意接受高昂的價格，他們也不可能用卡車運送液化天然氣，來抵消俄羅斯天然氣的流量。如果將俄羅斯踢出 SWIFT，俄羅斯的國際貿易固然會受到嚴重衝擊，但全球石油、天然氣

價格也將出現暴漲，歐洲首當其衝。一旦讓俄羅斯走投無路，它就會進一步採取行動，美國尚不能勝券在握，更何況歐洲國家了。

以美國為首的西方國家用 SWIFT 制裁俄羅斯，其結果是讓 SWIFT 的重要性持續下降。各國會逐漸感覺到，只有一個系統太不安全了，都想尋找替代方案。

美俄博弈：石油、金融

俄烏衝突爆發以來，美俄展開了大國博弈。美國想藉此機會削弱俄羅斯的國力，讓俄羅斯弱下去。所以美國儘量拖住俄烏戰事，先是進行金融戰，把俄羅斯部分銀行踢出 SWIFT，而後宣佈對俄羅斯的石油、天然氣和煤炭實行禁運，帶動歐洲國家一起制裁俄羅斯。但俄羅斯毫不示弱，絕地反擊。

第一，石油制裁。

俄羅斯有豐富的石油、天然氣和煤炭，是世界能源出口大國，對歐洲能源供給來說非常重要。2022 年 3 月 9 日，美國宣佈禁止俄羅斯石油、天然氣和煤炭的進口。英國和歐盟也紛紛表示，禁止或減少石油進口。德國對天然氣管道北溪二號按

下暫停鍵。俄羅斯靠能源出口維持生存，卡住了俄羅斯能源出口，就等於抓住了俄羅斯的生命線。

俄羅斯是全球重要的石油出口國，每天提供約 700 萬桶石油，約佔全球供應的 7%。俄羅斯表態，西方對其制裁有可能為全球市場招致災難性後果，油價飆升到每桶 300 美元也有可能。俄羅斯不排除切斷對歐洲的天然氣供應。在俄羅斯進行這種表態後，國際布倫特原油的油價飆升至每桶 132.45 美元，西得州原油期貨升至每桶 128.55 美元，創 14 年來的新高。美國 2021 年從俄羅斯進口能源約佔 8%，其中石油進口僅佔 3%。美國佔比不高，但歐洲就慘了，因為歐洲依賴俄羅斯的能源進口。

美國在 2022 年 3 月 9 日宣佈，北溪二號項目已經死了，說它只是躺在海底的一塊金屬，它不可能重啟。美國企圖破壞北溪二號，想切斷俄羅斯與歐洲的能源聯繫，把歐洲握在自己手中。數據顯示，歐洲天然氣的期貨價格已達到美國價格的 20 多倍。歐洲十分痛苦，通貨膨脹嚴重，民眾生活苦不堪言。

美國對俄羅斯的經濟制裁堪稱瘋狂，制裁項目多達 5 532 項，遠遠超過被美國制裁過的伊朗、敘利亞及朝鮮等國。俄羅斯說，如果這樣的制裁不停止，那麼俄羅斯將停止北溪一號輸氣管道，讓歐洲得不到俄羅斯的天然氣。

第二，金融制裁。

這次俄羅斯被凍結、被扣押的海外資產有多少？俄羅斯財政部長說，俄羅斯約有 3 000 億美元的黃金和外匯儲備被凍結，佔俄羅斯國際儲備總額的近一半。俄羅斯富豪的個人海外資產被扣押的至少有 800 億美元，還有各個企業大量的海外投資、債券等。凍結海外資產給俄羅斯帶來了巨大災難，它無法償還到期外債。俄羅斯使出鐵腕措施，回擊了三板斧。第一，俄羅斯宣佈對不友好的 40 多個國家都用盧布來還債，俄羅斯欠的錢，只能用盧布償還。第二，專利賠償金直接歸零，不還了。第三，把歐美在俄羅斯的 59 家跨國大企業都列入「資產國有化」名單，西方投資在這裡的企業都收歸俄羅斯國有。每一招兒都打在了歐美國家的痛處。對於俄羅斯的巨額海外資金，歐美多國都在虎視眈眈。

金磚五國其他四國一致：不制裁俄羅斯

金磚五國包括中國、俄羅斯、印度、巴西、南非。它們是世界上最大的發展中國家。這次美國制裁俄羅斯，還要求各國都跟着它一起制裁俄羅斯。但金磚五國中的其他四國一致表示，不譴責、不制裁俄羅斯。

（1）中國多次指出，美國單邊制裁解決不了問題。中俄戰略合作不受任何第三方的干擾。我國和俄羅斯加緊了能源合作。早在 2022 年 2 月初，中俄就簽訂了兩個能源貿易的大單，一個是中國石油從俄羅斯石油公司進口 1 億噸石油，為期 10 年。另一個是，中俄再建一條新的天然氣管道，合約 30 年，初期每年輸氣量 100 億立方米，中期每年輸氣量 300 億立方米，後期每年輸氣量 600 億立方米。中俄兩國利益綁在了一起。

（2）印度表明中立立場，不對俄羅斯進行制裁。印度還在大量進口俄羅斯能源，這是美國人沒想到的。美國曾警告印度，但印度只當耳邊風。英國媒體發現，印度 2022 年 3 月對俄羅斯的石油進口量出現激增。

（3）巴西反對對俄羅斯發起單邊制裁。巴西近日就核潛艇設計技術向俄羅斯提出幫助的請求。

（4）在中國、印度、巴西表態後，南非也宣佈不參與對俄制裁，主張用和談的方式解決問題。自此，金磚五國都對美國的制裁說不，美國單邊制裁行徑不得人心。除了金磚五國中的其他四國，土耳其、阿聯酋、沙特阿拉伯、委內瑞拉、墨西哥等國均拒絕對俄羅斯發起制裁。

金磚五國立場高度一致，其他四個國家對俄羅斯全部採取

不譴責、不制裁的舉措，儘管在具體方式上有所不同。各國在期望俄烏衝突能快速結束的同時，反對西方「仇恨主義」和「立場裹挾」的態度。

美國對俄羅斯的制裁，使得從疫情中有所恢復的全球經濟陷入大宗商品價格上漲的更大震盪。俄羅斯是全球主要的能源、糧食出口國，在這兩方面美國對俄羅斯的需求均較低，全面制裁俄羅斯經濟對美國造成的影響相對較小。但石油、天然氣、小麥價格飛漲，對其他國家尤其是廣大發展中國家造成的衝擊是巨大的。美國單邊制裁帶給歐洲多國的戰爭威脅、物價飛漲，讓歐洲多國的反美意識加速萌生。

美國制裁聲勢浩大的原因，一是美國對國際輿論的把控，二是美國單邊制裁會對全球經濟造成的惡性後果。美國是互聯網的發源地，利用這一先天優勢，美國掌控了從通信底層、通信設備、通信軟件到通信媒體的整體輿論體系。

網上有段笑話，日本說：「大佬，聽說你準備切斷俄羅斯與 GPS（全球定位系統）的連接？」

美國說：「你是不是傻？俄羅斯現在有格洛納斯系統，切斷俄羅斯與全球定位系統的連接有多大作用？」

韓國問：「格洛納斯系統能和全球定位系統相比嗎？」

美國說：「再加上一個北斗呢？你們兩個蠢貨是不是想讓

美國放棄全球衛星導航市場？」日本、韓國說：「沒有，沒有，我們想的是怎麼打擊俄羅斯。」

俄羅斯出台的不友好國家和地區清單，共涉及 40 多個國家和地區，相較於全球的 200 多個國家和地區，美國的敵視行徑並不代表全球的主流看法。

石油輸出國，不買美國賬

美國制裁俄羅斯後，石油供應不足，導致油價暴漲。美國想請中東石油國家幫忙，提高石油產量，但是沙特阿拉伯和阿聯酋這些石油國家並不買美國的賬，堅決不多生產石油，這讓美國陷入尷尬境地，英國首相去中東勸說無果，日本首相勸說也失敗了。

美國不再從俄羅斯進口能源，它想把沙特阿拉伯、阿聯酋、伊朗和委內瑞拉等一些產油大國拉下水。這幾個國家是產油大國，之前一直被美國制裁，產油量被嚴重限制，經濟發展受到極大約束。美國現在為了打擊俄羅斯，也顧不了那麼多了，為了說動這些國家，美國甚至準備取消對委內瑞拉和伊朗的制裁。令美國萬萬沒想到的是，其主動示好竟然不起作用，

美國想要沙特阿拉伯增加石油產量，直接遭到了拒絕，阿聯酋更是不與拜登通話。

阿聯酋拒絕提升石油產量，反而與俄羅斯達成合作。

隨着俄烏衝突爆發，美歐對俄制裁手段一再升級，引發國際局勢動盪，能源價格暴漲。國際油價飆升至 13 年來的新高。

先是美國總統拜登為了平穩油價，希望與沙特阿拉伯和阿聯酋領導人通電話，直接被兩國拒絕。就在阿聯酋接連拒絕了美、英、日之後，據俄媒報道，俄羅斯和阿聯酋在地質勘探領域，同意盡最大努力加強雙邊合作。

以美國為首的西方想要阿聯酋、沙特阿拉伯兩國提升石油產量，但沙特阿拉伯和阿聯酋官員聲稱，他們並不想破壞歐佩克和俄羅斯之間的協議。

這意味着沙特阿拉伯和阿聯酋不太願意滿足以美國為首的西方的要求。自美國總統拜登上台以來，美國和沙特阿拉伯及阿聯酋之間的關係持續遇冷。沙特阿拉伯希望在干預也門衝突的行動上美國能更多地支持它，但拜登對這一要求予以拒絕。阿聯酋希望美國對其提供更大的軍事援助，以緩解其國防壓力，但美國並沒有採取任何行動來解決阿聯酋的「擔憂」。

之前是美國總統拜登把阿聯酋和沙特阿拉伯拒之門外，現在輪到拜登有所求的時候，它們必然不理會了。

沙特阿拉伯國王不僅拒接美國電話，還讓英國首相的訪問無功而返，卻跟中國簽訂石油項目合同，考慮向中國出售石油時用人民幣而不是美元結算。現在看來，以美國為首的西方國家制裁俄羅斯，這是搬起石頭砸自己的腳。沙特阿拉伯是世界第一大石油國，石油儲量佔世界第一，它有足夠的底氣。美國總統親自打電話，就是有求於沙特阿拉伯，要求其增加石油的出口，平抑國際油價！但很顯然沙特阿拉伯選擇了拒絕。沙特阿拉伯做出了一個明智的選擇，中國成了沙特石油的第一大買家！

中東石油國家對美國現在的態度表明，它們不選擇和美國站在一起制裁俄羅斯。擾亂國際油價的始作俑者是美國，美國想一家獨大，但在石油領域它現在沒有話語權。

凍結俄羅斯資產，瑞士後悔了

制裁俄羅斯的國家有許多，最後悔的莫過於瑞士。瑞士一直以來都是中立國家，世界上的有錢人和富裕國家把錢存在瑞士銀行為的就是保險。但沒想到，瑞士銀行的金字招牌竟被扣押俄羅斯資產給弄砸了，瑞士要凍結俄羅斯的資產，這引起富豪的恐慌，他們紛紛從瑞士銀行取出錢來存到別國銀行，瑞士後悔了。

瑞士國家不大，人口 850 多萬，山清水秀，到處都是高山湖泊，耕地很少，糧食產量很低。早年間瑞士人很窮，許多人到意大利去站崗。瑞士人想：幹點兒甚麼好呢？最後他們決定發展銀行，遵守承諾，替儲戶保密，瑞士就是靠銀行業發展起來的。

瑞士永久中立的地位是 1815 年維也納會議確定的。瑞士東邊是奧地利，西邊是法國，南邊是意大利，北邊是德國。它被包裹在中間，地理位置易守難攻，這讓它躲過了兩次世界大戰的戰火，一直安然無恙。就這樣，瑞士以銀行保密制度立國，瑞士人逐漸富裕起來。

二戰結束後，瑞士保持了良好的中立國形象，任何地區的戰鬥都不參加，只悶頭賺大錢，因而為世人所羨慕，聯合國多個組織都設在瑞士，瑞士給人以祥和、與世無爭的感覺。所以富人都願意把錢存在瑞士。

瑞士對銀行的保密程度是世界頂級的。只要你將錢財存入瑞士銀行，你的儲存信息將會對所有人保密。除非本人來，否則任何人、任何國家政府和組織都不能調取你的信息。瑞士銀行不僅不給儲戶利息，還要收取大量保管費。瑞士是永久中立國家，在瑞士銀行存的錢，不會受到戰爭和政治的影響。

俄烏衝突爆發後，多國開始制裁俄羅斯。瑞士馬上跟進，

不但從俄羅斯國內撤走資產，還公佈俄羅斯客戶在瑞士銀行存款 2 000 億瑞士法郎，折合 2 130 多億美元，緊接着凍結了俄羅斯在瑞士的實體和富豪資產 80 億美元，這一舉動讓全世界一片譁然。瑞士不是中立國嗎？為何現在不中立了？公佈俄羅斯客戶在瑞士銀行的存款，不為客戶保密了，以後還有誰敢到瑞士銀行存錢？

過去人們對瑞士銀行深信不疑。俄羅斯海外交易的 80% 都通過瑞士銀行結算，北溪二號這個大項目，公司總部就設在瑞士，沒想到瑞士會背信棄義。俄羅斯政府馬上對瑞士做出強硬的反擊，直接扣押了一大批瑞士的名貴手錶作為報復，這些手錶每塊的單價都超過 70 萬美元。

瑞士的做法引起了世界富豪們的恐慌，他們把在瑞士銀行的存款取出來放到其他銀行裡。看到這些，瑞士後悔了，瑞士外長突然表示，瑞士不參與制裁俄羅斯，將繼續保持中立國地位。如此出爾反爾誰還能相信呢？結果就是，瑞士銀行的存款大筆流出。瑞士急於挽回形象，但於事無補。

瑞士銀行是全球最大的私人銀行，它不是一家銀行，而是300 多家銀行的總稱，大約保存全球私人財富的四分之一。這次瑞士參與制裁俄羅斯，導致瑞士銀行及其永久中立國形象崩塌。瑞士這樣做，短期看是投機取巧，長期看則損失巨大，因為

瑞士銀行的金字招牌被砸了，失信於人，失信於世界，誰還敢相信它呢？銀行是信譽的象徵，如果沒有了信譽，它就不會存在。

制裁俄羅斯，給了中國機會

俄烏衝突爆發後，美歐對俄制裁是全方位的。麥當勞、星巴克、必勝客等跨國公司都宣佈在俄羅斯暫停經營，蘋果、三星也宣佈停止對俄羅斯銷售產品。麥當勞關閉了俄羅斯 850 家店鋪。還有一些國家的能源、物流、石油、汽車和航運等公司紛紛表態參與制裁。但西方公司和品牌從俄羅斯市場的退出，對中國來說卻是一大機遇。主要表現在以下幾個方面。

第一，我國的進口機遇。我國從俄羅斯進口甚麼？2021 年我國從俄羅斯進口能源產品超過 3 342.9 億元人民幣，佔我國從俄羅斯進口總額的約 65%，也就是說，我國從俄羅斯進口的產品 60% 以上都是石油和天然氣等能源產品。俄羅斯是一個資源型大國，中國是一個製造業大國，兩國優勢互補。中俄在 2021 年貿易額突破 9 000 億元人民幣大關，增幅高達 26%。

俄羅斯寶貴的油氣資源是擺在我國油氣行業面前的一塊大蛋糕。不同於以往的油氣局勢，在多國停止進口俄羅斯油氣資

源的當下，以更低廉的價格向中國出口能源，乃至吸引中資代替美歐資本開發俄羅斯資源，將是俄羅斯的一個選擇。而深度參與俄羅斯能源開發，也使我國終於有機會改變以往對美國掌控下的中東、澳大利亞的能源過於依賴的格局。

第二，我國的出口機遇。我國對俄羅斯都出口甚麼？主要是機電產品。比如，家用電器、智能手機、計算機、汽車等，我國家電製造已達世界領先水平，國產智能手機品牌華為、小米在俄羅斯擁有很大的市場。

在西方跨國品牌的制裁下，俄羅斯民眾對中國品牌有較高的信任度。俄羅斯民調顯示，近六成民眾表示，俄羅斯本土企業能夠完全取代從俄羅斯撤離的外國品牌，還有 47% 民眾認為，中國品牌有能力填補制裁之後的市場空白。2022 年 3 月以來，華為手機在俄羅斯銷量大漲 300%，其他中國智能手機銷量的大漲也超過 200%。我國國產汽車品牌在俄羅斯也非常受歡迎，有很大的消費市場。由於俄羅斯沒有出色的消費品企業，再加上蘋果、三星等外資的退出，可以預見，未來俄羅斯 1.4 億消費者的龐大商品市場，是中國品牌的機遇。

第三，「人民幣國際化」機遇。2020 年人民幣在中俄雙邊貿易結算中佔比超過 17%，在俄羅斯國家儲備中佔比超過 12%，這次俄羅斯盧布被制裁，海外美元資產被凍結，進一步

加速了俄羅斯政府和民眾用人民幣來結算，因為這樣做更保險。例如，美歐對俄發起制裁後，俄羅斯各大銀行紛紛推出帶有「中國銀聯」標誌的銀行卡，來替代「維薩、萬事達」等已經停止的外資服務。俄羅斯銀行每天發行的銀聯卡數量是制裁發生前的 50 倍，中國銀聯卡受到俄羅斯人的追捧。

中國企業開始以人民幣購買俄羅斯能源。據俄媒報道，多家中國企業 2022 年 3 月以人民幣購買其煤炭，第一批煤炭於 4 月運到中國。這是俄烏衝突以來首次以人民幣支付俄羅斯原材料。俄羅斯石油出口企業還為中國石油企業提供了以人民幣支付的方式。首批以人民幣購買的石油於 5 月交付中國的煉油廠。

俄羅斯是一個能源出口大國。如果能把人民幣與其能源出口加以綁定，並且讓其他國家在購買俄羅斯能源時都用人民幣結算，這對人民幣國際化意義重大。中俄兩國做貿易，我國有產品，俄羅斯有能源，正好實現了優勢互補。

美歐凍結俄羅斯資產

美歐凍結俄羅斯外匯金融資產達 3 000 多億美元。美國官員表示，美國不打算歸還已沒收俄羅斯富豪的資產，他們將以

一種更好的方式使用這筆錢。美國總統正在考慮如何處理這筆資產。美歐到底凍結了俄羅斯多少金融資產？

第一，美國。計劃凍結俄羅斯 1 320 億美元的黃金儲備。美國司法部成立跨大西洋工作組，尋找俄羅斯富豪在美國和歐盟中的遊艇、豪華公寓、私人飛機和巨額存款以進行凍結和沒收。美國已宣佈凍結 8 名俄羅斯富豪在美資產。

第二，瑞士。已凍結了價值 75 億瑞士法郎的俄羅斯資產，合 80 億美元。

第三，荷蘭。荷蘭銀行凍結了俄羅斯資金近 1.45 億歐元，信託業凍結了近 2.43 億歐元，養老基金凍結了 37.99 億歐元，投資企業凍結了 390 萬歐元。

第四，英國。英國沒收俄羅斯寡頭的房產來安置烏克蘭難民。英超切爾西足球俱樂部的老闆羅曼·阿布拉莫維奇是俄羅斯鋼鐵公司的大股東，被踢出切爾西董事會，資產被英國沒收。

第五，法國。凍結了俄羅斯央行 220 億歐元資產，另外凍結 1.5 億歐元俄羅斯自然人資金，沒收了價值 5 億歐元的俄羅斯人房產。

第六，意大利。沒收價值 1.4 億歐元的俄羅斯富豪的財產，包括富豪的一艘價值 6 500 萬歐元的遊艇。

第七，波蘭。凍結了近 3 300 萬美元俄羅斯的賬戶，沒收俄羅斯人在華沙的房產，包括俄羅斯大使館下屬的學校建築和一座外交官公寓。

第八，德國。德國政府扣押俄羅斯富豪世界上總噸位最大的機動遊艇，價格近 6 億美元。

第九，加拿大。把俄羅斯運送疫苗的運輸機扣留在多倫多機場。

西方文明的基石是保護私人財產神聖不可侵犯。他們扣押的都是俄羅斯富豪的私人財產。人們都很關心這些被凍結的俄羅斯巨額海外資產會被怎麼處置。看看這些國家過去都是如何處置此類資產的。

2001 年，美國攻打阿富汗，凍結了阿富汗 70 億美元，這些錢之後被美國總統大筆一揮直接分掉了。2003 年，美國發動伊拉克戰爭，戰後薩達姆家族的 70 億美元資產被瓜分得僅剩 60 萬美元。

2011 年，非洲國家利比亞爆發內戰，美歐國家趁機凍結卡扎菲總統的資產合計約 800 億美元，還有利比亞央行的 140 多噸黃金。數據遠不止這些。有人估計，卡扎菲的秘密資產總值可能超過 2 000 億美元，10 年後，被利比亞政府追回的資產不過九牛一毛。

俄羅斯這次被凍結、被扣押的海外資產也許是天文數字。美國首先表示，拒絕歸還俄羅斯富豪的這筆錢。如果美國得逞，其他國家就會效仿，這個世界會變成甚麼樣？

這給各國提了一個醒兒，對存在美國的資產一定要早做打算，萬一哪天美國採取了對俄羅斯一樣的做法，損失將會很慘重。以美國為首的西方凍結俄羅斯的外匯儲備和資產，大發戰爭財，俄羅斯能答應嗎？

沒了俄羅斯稀土，美歐怎麼辦

俄羅斯被制裁，導致西方國家稀土短缺，它們被稀土卡住了脖子。稀土是元素週期表中 17 種金屬元素的總稱。在大自然中共有 250 種稀土礦物。

稀土究竟有多重要？稀土素有工業「黃金」之稱，上到高精尖工業，如軍工、石油化工、冶金工業，下到普通工業，如玻璃陶瓷，以及農業發展，都用得到稀土。如果沒有稀土，各國都將被扼住「咽喉」。舉例來說，美國要製造一艘弗吉尼亞級核潛艇，需要耗費至少 4 噸稀土；美國生產一架 F-35 戰鬥機要消耗 400 多千克稀土。可見稀土的重要、稀有和珍貴程度

遠遠超出我們的想像。稀土如此重要，但世界上有稀土且能生產稀土的國家卻不多，像美國和歐洲就比較缺稀土。

其實，美國擁有較大儲量的稀土礦，但由於深埋地底，開採難度大、成本高，在國際上沒有市場。不得已，美國早在20多年前就關閉了80多家大型稀土礦。至於歐洲，幾乎沒有稀土，與美國一樣，都依賴進口。

據美媒報道，美國和歐盟對俄羅斯發起制裁，導致美歐稀土供應鏈被打亂了，大量西方稀土加工企業因缺少來自俄羅斯的稀土原料而面臨停工風險。同時，歐洲稀土工業協會表示，歐洲在很多稀土原材料上依賴俄羅斯，如果稀土供應鏈長期中斷，整個歐洲就會產生連鎖反應。制裁導致俄羅斯的稀土產不出、運不出，那些等着加工原材料的西方企業只能乾着急。

稀土不同於天然氣，簡單加工一下就能使用，稀土需要經過一系列複雜的加工才能體現其價值，發揮其作用。同一種稀土原材料經過不同加工，能體現出多種截然不同的用處。相比天然氣被「卡脖子」，稀土這種戰略物資被「卡脖子」令西方更加難受。

如果稀土真的不夠用，西方國家有甚麼解決辦法？

第一，給自己鬆綁。推動俄烏停火談判，換取進口俄羅斯稀土的機會。

第二，美國自己開採稀土再賣給歐洲。美國是有稀土的，早在 2020 年美國曾宣佈採礦業進入緊急狀態，要加速對美國礦山的開發，擴大美國稀土礦物的生產量。但受疫情影響，美國至今都無法實現稀土自足，它自身需求都很難滿足，更別說供給歐洲了。

第三，向其他稀土大國求助，例如中國、蒙古國等。蒙古國作為全球第二大稀土國，美國早幾年就有過向其求助的想法。但蒙古國地處內陸，沒有出海口，陸路走不通，要花大價錢空運，這導致美國不得不主動放棄。如今俄烏衝突爆發，稀土更運不出來了。最後只能求助於中國，中國有稀土，但我們出不出口美歐說了不算。無論怎樣，眼下西方國家都很難解決稀土被「卡脖子」的危機。

化肥制裁對我國的影響

美歐制裁俄羅斯化肥出口，引起了多國的強烈反對。如果制裁真的發生，對國際糧價的影響以及對我國的影響如何？

首先，要了解俄羅斯化肥對全球的重要性。俄羅斯化肥產量大、出口多，對全球農業非常重要。聯合國糧農組織數

據顯示，2021 年俄羅斯的氮、磷、鉀三種肥料的出口貿易值均居世界前三名，佔比為 15%~20%。俄羅斯化肥年產量超 5 000 萬噸，佔全球化肥產量的 13%，主要出口巴西、美國和印度等國。

美國每年從俄羅斯進口約 50 萬噸化肥，超過俄羅斯出口的 1/10。但美國認為，制裁俄羅斯化肥出口對美國影響不大，如果讓其他多國都參與制裁，就會對俄羅斯造成非常大的打擊。

最先反對的是巴西，其農業部長強烈呼籲，希望能把俄羅斯化肥排除在制裁範圍之外，並認為美國這樣做有可能會引發糧食危機。巴西是世界上最大的農產品生產國和出口國之一，它對化肥進口的需求非常大，巴西 85% 的化肥供應依靠進口，1/5 來自俄羅斯。巴西的提議立刻得到阿根廷、玻利維亞、智利、巴拉圭、烏拉圭 5 個南美洲國家的支持。

化肥是從石油中提取的，油價上漲引發了一系列產品價格的變動，農業和畜牧業都受到了衝擊。全球化肥價格上漲，美國農民也深受影響。在美國，化肥價格比 2021 年高出四五倍。化肥價格的飆升加劇了糧食價格的上漲。

事實上，化肥價格上漲對世界糧食安全將造成影響。化肥價格會推高糧價，使中東糧食安全受到影響。例如，經濟

陷入困境的黎巴嫩，以前 1 千克麵粉價格為 1 000~2 000 黎巴嫩鎊，以後可能會漲到 4 萬黎巴嫩鎊。聯合國世界糧食計劃署 2022 年 3 月發佈的數據顯示，也門多達 3.1 萬人正在面臨饑荒。

化肥價格的暴漲對歐洲是「致命一擊」。歐洲進口量佔到俄羅斯化肥出口份額的 25%。制裁俄羅斯化肥，一些國家要面臨的不光是糧食進口量的減少，還有本國農民生產積極性的下降，這極有可能導致糧食減產，引發糧食危機。

最後，再來看制裁俄羅斯化肥對中國的影響。我國也是產糧大國，如果國際化肥產業受到衝擊，當然也會影響到我們。中國生產的氮肥和磷肥基本上能滿足農業生產需求，但我國的鉀肥 50% 都依賴進口。2021 年，中國進口鉀肥超過 80% 來自俄羅斯、白俄羅斯和加拿大。2022 年前 3 個月，受俄烏衝突影響，國內鉀肥價格漲了 23.74%。尤其是這段時間許多地區正是莊稼施肥的季節，需求旺盛，而我國化肥價格居高不下。好在中國和俄羅斯貿易還在正常進行，我國農業農村部也採取了一些措施，努力穩定農藥、化肥的價格，保障 2022 年的糧食生產。

美國制裁俄羅斯化肥出口，對世界糧食生產會造成打擊，可能會導致糧食危機。這對缺糧國家來說非常危險。

中國的儲備糧多嗎

中國糧食儲備的話題最近被炒得沸沸揚揚。有國外媒體說，全球超過一半的小麥、七成玉米、六成大米，現在都存放在中國的糧倉中。中國如此龐大的糧食儲備讓他們感到驚訝。我國到底有多少儲備糧？夠中國人吃多久？國際糧價高和我們有關係嗎？

2022 年 3 月底，300 艘運糧船滯留在黑海上，歐盟主席呼籲俄羅斯不能封鎖停泊在黑海運輸小麥的船隻，要儘快放行，歐洲人需要吃飯，需要麵包。緊接着歐盟把目光轉向中國，說中國存糧佔世界糧食儲備的 50%，要求中國開放糧倉的 20%，救濟歐洲，這樣歐洲人才能不餓肚子。

全球的現狀是：玉米、小麥、大豆價格在漲，全球糧價都在漲，埃及、中東、歐洲等國家和地區都面臨糧食短缺的危機。相比較而言，中國受到的影響比較小，因為我國多年來一直在進行糧食儲備。

美歐數據顯示，中國糧食儲備世界第一。俄烏衝突發生以來，中國加快儲備模式，從美國訂購了新糧食。其實，我國糧食儲備不是從現在才開始的，多年來我們一直是這樣做的。我

國最初進口的重點是玉米，之後小麥和大麥的進口也急劇增長。2021 年，我國進口糧食 16 454 萬噸，接近全年糧食產量的 1/4。其中飼料糧進口量比較大。進口量接近或超過千萬噸的，依次是大豆、玉米、大麥和小麥 4 個品種。

目前來看，俄烏衝突對我國糧食安全影響有限。2021 年，中國從俄羅斯進口大豆、小麥、玉米、大麥數量在中國進口總量中的佔比均不足 1%。而烏克蘭是我國主要的玉米和葵花子油進口來源國，但我國玉米總進口量佔消費比例不到 10%，葵花子油相關替代油脂庫存充足，所以總體看，俄烏衝突對我國糧食供應影響不大。我國自己的糧食產量已實現多年連續增長。我國三大口糧，大米、小麥和玉米的國內自給率平均在 97% 以上，並不存在進口依賴。僅 2021 年，我國就啟動了 120 個和糧食儲備相關的建設項目。

由於糧食儲備充裕，我國市場才能有效地控制糧食價格。當 2018 年和 2019 年發生非洲豬瘟時，很多人擔心豬肉變得太貴買不到。我國動用了當年生豬應急儲備，在一定程度上控制了價格的急劇上漲。

中國近幾年重視糧食儲備的原因還有許多，除了外部因素和圍繞供應鏈的不確定性，還有一個原因，就是相對於中國龐大的人口，我國農業耕地面積相當有限。然後就是缺水，最重要的

是中國人對危機的擔憂。這些讓我們意識到糧食儲備的重要性。

歷史上，中國農業是小農模式，而美國、歐洲、南美和澳大利亞等國家和地區已經走向集約化模式。中國的這種情況正在逐漸改變，農場規模更大，機器也更加現代化。中國正在全面推進農業現代化。

眼下，當歐美國家的油價和糧價都在上漲時，我們做到了手中有糧，心中不慌。老祖宗的積穀防饑理念現在派上了用場。中國人的飯碗一定要端在自己手中。

美俄之爭：阿拉斯加之痛

俄羅斯說，如果美國膽敢扣留俄羅斯 3 300 億美元的外匯儲備，它就要收回阿拉斯加的主權。阿拉斯加本來屬於俄羅斯，卻在 1867 年賣給了美國，那時阿拉斯加只是一片冰封的荒原。若干年後，美國在阿拉斯加發現了石油和天然氣，俄羅斯才發覺吃了大虧。

阿拉斯加的由來
說起俄羅斯，它是世界上國土面積最大的國家，1 709.82

萬平方千米，是中國面積的近兩倍。可俄羅斯也有失算的時候，它最大的失算就是把阿拉斯加賣給了美國，這是俄羅斯心中永遠的痛。

阿拉斯加位於北美大陸的西北端，東邊與加拿大接壤，另外三面環北冰洋、白令海和北太平洋。面積約 172 萬平方千米，那裡屬於北極圈內的極地氣候，非常寒冷。

阿拉斯加被賣給美國

阿拉斯加屬於俄國。但 1853 年克里米亞戰爭爆發，法英聯合起來攻打俄國。俄國打仗缺少資金，又擔心阿拉斯加被英國奪走，就想把阿拉斯加賣給美國。1867 年，美俄同意以 720 萬美元成交。其中 700 萬美元是土地價格，20 萬美元是手續費，就這樣阿拉斯加被賣給了美國，172 萬平方千米，每英畝 [①] 的價格僅 2 美分。

對這筆交易俄國一片歡呼，說沙皇英明，把一片入不敷出的荒寒之地賣了一個好價錢。美國卻是一片叫罵聲，認為此舉愚蠢透頂，花 720 萬美元買了一個常年冰凍的大冰箱，這塊荒無人煙的地方根本就不值錢。為此國務卿被迫辭職。多年後卻

---

① 1 英畝 ≈ 4 046.86 平方米。──編者注

發生了讓俄國痛哭、美國狂喜的事情。

阿拉斯的資源和戰略價值

事實證明,美國並沒有錯。1897 年,美國在阿拉斯加發現了金礦,隨後又發現了豐富的石油。僅這兩項資源,價值就遠遠超過萬億美元。在冷戰時期,阿拉斯加的戰略地位更加突顯。美國在這裡建立了戰略導彈部署基地,目標直指這片土地曾經的主人。

阿拉斯加還讓美國成為 8 個北極圈成員國之一。這意味着,美國在北極事務上獲得了更有力的話語權。通過獲得阿拉斯加,美國成為北極沿岸國家,極大地延伸了它的領土範圍。阿拉斯加是美國最大的州,它佔美國國土面積的 20%。

現在,阿拉斯加居住着 72 萬人口,這裡有冰川、峽灣、湖泊、平靜的海灘,一年四季美不勝收。地下藏有煤碳、黃金、銅、巨量石油和天然氣,再加上大量的魚和砍不完的樹,俄羅斯這才大呼後悔。如果能在阿拉斯加架幾門炮,美國現在還敢如此囂張嗎?2014 年,一個退休老太太問普京,俄羅斯是否會索要阿拉斯加州。普京回答:「為甚麼你需要阿拉斯加?俄羅斯本來就是個北方國家,那裡和這裡一樣冷,咱們就別惦記了,好不好?」

俄羅斯威脅美國，要收回阿拉斯加

當年俄國把阿拉斯加賣給美國，是想着利用美國來制約英國，沒想到如今的阿拉斯加成為美國與俄羅斯對抗的前沿陣地，對俄羅斯而言，這事氣不氣人？

有媒體報道，俄羅斯杜馬主席威脅說，美國應該永遠記住，有一塊領土，阿拉斯加，當美國人企圖佔有我們的國外資產時，他們應該先想一想，我們也有東西要收回。

對俄羅斯這一表態，美國媒體高度緊張，擔心美俄之間掀起軍事對抗。

如果真打起來，俄羅斯未必能打贏。從實力上看，2021年美國 GDP 高達 23.32 萬億美元，俄羅斯則是 1.78 萬億美元，還不到美國的 1/10。唯一可以讓美國忌憚的，就是俄羅斯不怕死的姿態，遇到不怕死的對手美國就會害怕。現在俄羅斯直接挑明了，如果美國沒收俄羅斯的資產，俄羅斯就要收回阿拉斯加，挑起美俄之間的直接軍事對抗。

阿拉斯加是俄羅斯永遠的痛，再也收不回來了，除非和美國打一場軍事戰。這種可能性是存在的，這就要看美國有沒有與俄羅斯「面對面」一決雌雄的勇氣了。

第 **2** 章

能源短缺，席捲全球

全球性能源短缺

　　一場全球性能源危機正在襲來，包括歐盟 27 國、英國、巴西和印度等國在內，全球已有 30 多個國家受到能源危機的影響。

　　在英國倫敦等地，很多加油站都「無油可加」，因缺少卡車司機而引發的燃油短缺現象仍未得到緩解。歐洲天然氣期貨價格飆升 22%，創下近十餘年來的新高。除了天然氣，歐洲一些國家的電力價格也在持續上漲，德國與西班牙 2022 年 9 月的電價已達到過去兩年平均電價的三四倍。

　　這場起源於歐洲的能源危機，開始蔓延到其他新興市場經濟體。原本巴西每年 60% 的用電來自水力發電，由於天氣乾旱，發電量明顯下降。為了避免電網崩潰，巴西使用天然氣加大發電，進一步推高了天然氣的市場價格。印度也面臨嚴峻的電力問題，國內 135 家燃煤電廠已有 16 家無煤炭可用，超過

半數電廠的庫存不足 3 天。

能源短缺最先影響的是老百姓的日常生活，我國現在每度電的單價大約為 0.6 元，由於政府對電價的統一調控，哪怕是原材料煤炭漲了，也很難傳導到電價上。但國外就不一樣了，比如英國，能源價格稍微一動，就會直接傳導到老百姓身上。

2022 年以來，英國的電價比 2021 年同期漲了 7 倍，創下 2000 年以來的最大漲幅，這要老百姓自己買單。不僅如此，目前在英國市場，豬肉、汽油、牛奶、藥品等陸續出現了搶購潮，這些產品供應鏈非常緊張和脆弱。除了普通民眾生活受到影響，小型能源企業也遭受了巨大的衝擊。

2022 年全球能源短缺有以下幾個原因。

第一，與全球央行大放水有直接關係。美國發行國債規模達到了 30 萬億美元，創下歷史之最，但商品生產特別是能源的開採哪有印鈔機速度快，如果市場上的資金多了兩倍，能源供應速度跟不上，很難找到其他的替代品，能源價格暴漲就在情理之中了。

第二，與全球能源供給和需求錯位有關。2021 年需求降低，很多能源企業關閉了產能，導致市場供給減少。2022 年需求復甦後，供求矛盾就突顯出來，如 2020 年原油期貨遭遇了歷史性的 -37.63 美元的價格。極端行情讓很多油田封井，

原油供應減少。全球原油的庫存減少，但需求上來了，供給趕不上需求的上漲速度，能源短缺就出現了。能源跟其他商品不同，不是可有可無的，所以它的短缺影響是巨大的，還會引發連鎖反應，資本市場的能源價格表現尤其明顯。

第三，與全球範圍內能源轉型有關。2021 年以來，不僅是我國，全世界都在尋求節能減排，最重要的途徑是淘汰傳統能源，加快引入清潔能源。以歐洲為例，早在幾年前，歐洲就已經關停和淘汰了境內一些傳統的發電廠，沒有想到的是，包括太陽能發電、風力發電和水力發電在內的清潔能源都有一個共性，那就是受氣候影響比較大，2022 年極端氣候導致歐洲的風力發電和水力發電供應不足。以英國為例，2017 年英國國內風力發電佔到全部發電來源的 11%，一直走在世界前列，然而一場乾旱導致英國國內的風力發電供應不上了。前幾年，我們體會到了人力成本的提升，接下來的幾年，能源類價格帶來的通脹壓力會越來越明顯。

高價天然氣對我國的影響

天然氣曾經是價格低廉的大宗商品，轉眼間就變成了「下

一個鐵礦石」，穩坐大宗商品漲價王的寶座，少則漲了200%，多則漲了超1 000%，造成了全球能源市場的震盪。

數據顯示，截至2021年8月20日，美國天然氣價格較2020年上漲了兩倍。美國是頁岩氣生產大國，依靠頁岩氣革命實現了美國的能源獨立。在這種情況下，美國天然氣價格漲了兩倍，說明天然氣價格上漲動力非常強勁。亞洲是天然氣的主要消費市場，在外部因素得到有效控制後，經濟活動逐漸恢復，天然氣價格在一年內漲了6倍，歐洲天然氣價格在一年多的時間裡漲了10倍。這些數字表明，廉價天然氣的時代已經一去不復返了。

天然氣價格急升的原因

首先是需求上漲。受全球極端天氣頻發的影響，2022年夏季，北美、歐洲遭遇千年一遇的高溫天氣，美國、加拿大多地氣溫飆升到40攝氏度以上，空調等製冷設備瞬間售罄。而美歐地區製冷供電的燃料包括天然氣。熱浪來襲，亟須製冷降溫，天然氣需求跟着激增，價格自然往上漲，但相較於銅鐵鋁等50%的上漲、鐵礦石100%的上漲，天然氣1 000%的爆發式增長嚴重超出了一般意義上的大幅上漲範疇，而製冷顯然還不是推動天然氣價格上漲的最關鍵因素。

最關鍵的因素是供給減少。天然氣出口大國減少供應，全球天然氣庫存下降，這是推高天然氣價格的關鍵原因。俄羅斯是世界上最大的天然氣出口國，美國加大了對北溪二號項目的制裁力度和範圍。北溪二號項目是鋪設一條從俄羅斯經波羅的海海底到德國的天然氣管道，這會使俄羅斯向德國的天然氣出口翻番。由於美國的制裁，市場對未來北溪二號項目擱淺造成的歐洲，乃至全球用氣短缺的問題深感擔憂，這種恐慌情緒導致天然氣價格暴漲。另外，2022 年 8 月，俄羅斯對歐洲天然氣驟然減產近 50％。由於買方需求大增，賣方供應不足，天然氣價格一漲再漲。

高價天然氣對我國的影響

天然氣被公認為是目前世界上最乾淨的化石能源，我國對天然氣的需求逐年上升。但我國天然氣儲量和產量難以自給自足，這使得我國在 2018 年超過日本，成為世界上最大的天然氣進口國。2020 年我國天然氣對外依存度高達 43％，面對國際天然氣價格不斷上漲，受此影響最大的莫過於我國。值得慶幸的是，俄羅斯將會保障對中國市場的天然氣供應。到 2022 年底，俄羅斯天然氣對我國的每日輸入量增加 50％，此舉無疑解了我國目前對天然氣需求的燃眉之急。然而，在國際關係

變幻莫測的格局下，我國需要做的是儘快走出這種能源供給安全的困境，只有這樣才能在國際社會中站穩腳跟，不受他國制約，為中國的崛起鋪好道路。

歐洲天然氣價格劇烈震盪

2022 年 3 月 7 日，歐洲天然氣期貨價格飆升到 3 000 美元 / 立方米，最高時達到 3 500 美元 / 立方米，再次刷新了歷史最高價，而到了 3 月 11 日已連跌 4 天，價格不足最高點的一半。為何歐洲天然氣價格會有如此大的波動？

首先，2022 年 2 月，德國宣佈暫停對北溪二號項目的認證。如果項目正常運行，會大大提高俄羅斯天然氣出口到歐洲的總量；如果該項目被禁止運營，那就會削弱天然氣的輸送量。

其次，在局部不穩定的情況下，美國官方稱，正努力削減西方對俄羅斯天然氣的依賴，並擴大美國本土的能源出口。對俄制裁涉及原有天然氣項目，將可能導致俄羅斯天然氣出口量的減少甚至完全無法出口，如果發生以上兩種情況，天然氣在歐洲市場就會出現供不應求的局面。

最後，歐洲自身天然氣能源儲量、產量不足，而日常生活

生產用氣需求量極高。但到了 3 月 11 日，天然氣價格連續下跌 4 天，價格已不到 3 月 7 日最高點的一半，這又是為甚麼？

第一，俄羅斯目前仍在穩定地輸出天然氣，俄羅斯宣佈取消部分商品出口禁令，輸氣管道運營商也確認，俄羅斯通過烏克蘭向歐洲輸送天然氣的出口一切正常。

第二，歐洲冬季取暖是天然氣的主要用途之一，隨着氣溫不斷回升，取暖壓力有所減緩，有數據表明，在 2022 年 4 月至 10 月，歐洲用氣量明顯降低。

第三，投資者獲利了結。資本市場嗅覺最為敏銳，反應也是最快的，在對供應量的種種不確定因素下，歐洲天然氣價格異常波動。

為何俄羅斯天然氣出口會對歐洲有如此大的影響？

第一，世界範圍內天然氣儲量排名前五的國家分別是俄羅斯、伊朗、卡塔爾、土庫曼斯坦和美國，俄羅斯作為第一大儲量國，總儲量為 37.8 萬億立方米，約佔全球探明儲量的 19.9%。

第二，看全球天然氣出口，根據 2020 年的數據，排名前五的分別是俄羅斯、美國、中東地區、亞洲經合國家和非洲。俄羅斯作為天然氣出口最多的國家，總出口量為 2 381 億立方米，而 70% 出口到了歐洲，俄羅斯成為歐洲最大的天然氣來源國。

從歐洲自身情況來看，歐洲天然氣探明總儲量僅為 3.2 萬億立方米，產量為 2 186 億立方米，消費量卻高達 5 411 億立方米，消費量達產量的近 3 倍，自身能源結構問題導致歐洲只能依靠進口來解決能源消費問題，對天然氣依賴程度特別大。在短期內，歐洲只能通過增加自有產量或尋求進口來替代俄羅斯能源，但歐洲產能空間有限。而美國等其他出口大國因距離較遠，只能通過航運將液化天然氣運送到歐洲，這將大大提高採購成本，而俄羅斯與歐洲在地理上比較近，而且有多條輸氣管道，這也加強了俄羅斯對歐洲的出口能力。

結論是，商品的價格由供求決定，天然氣的價格也是如此，供過於求價格下降，供不應求價格上漲。

北溪二號被炸，影響幾何

北溪二號在 2022 年 9 月 26 日發生水中爆炸，美國拍手叫好，俄羅斯則義憤填膺。北溪二號被炸，影響幾何？

北溪二號的由來

早在 2011 年前，俄羅斯和歐洲幾個國家就聯合做了一個

項目，俄羅斯有廉價的天然氣，歐洲需要進口天然氣，這些國家決定修建一條新的輸氣管道，取名為北溪二號。這是一條由俄羅斯經過波羅的海海底到德國的天然氣管道，繞過烏克蘭把天然氣輸送到德國，再通過德國幹線管道輸送到歐洲其他國家。幾個國家商議成立一家公司，總部設在瑞士，項目預算需要 110 億美元。俄羅斯天然氣公司出資 50%，剩下 50% 由德國、法國、荷蘭、奧地利等國的企業共同出資。從評估到鋪設完成項目耗時超過 10 年，管道長度約為 1 230 千米，一旦通氣將每年為歐洲帶來 550 億立方米的天然氣。

北溪二號在 2021 年 9 月 6 日建成，同年 10 月初開始試送氣，卻沒有取得使用執照，管道的認證權在德國手中，可是德國一直沒有定音。之所以叫做北溪二號，是因為還有一個北溪一號，2011 年投入使用，所以這條管道叫做北溪二號。

北溪二號的重要性

天然氣是俄羅斯的支柱產業之一，進口收入中的 60% 來自歐洲。歐洲國家每年消耗天然氣總量約為 5 000 億立方米，其中俄羅斯供給達到 45% 左右。油氣收入對俄羅斯的重要性不言自明：在政府預算中佔比達到 75%~80%。如果北溪二號開通，與另一條運營的北溪一號天然氣管道輸送出的天然

氣加在一起，能達到每年 1 100 億立方米。通過這兩條管道，俄羅斯向歐洲的送氣量達到了俄羅斯供給歐洲天然氣的一半左右。

從俄羅斯輸送天然氣到歐洲是一個雙贏之舉，對歐洲一樣關鍵。2021 年冬天因缺電少氣，歐洲在能源轉型上感受到強烈陣痛。在經過漫長寒冷的冬季後，它們的天然氣儲量被大量消耗。歐洲經歷了 1961 年以來風最少的夏季，而乾旱使得水力發電受阻。

北溪二號的三方博弈

北溪二號在規劃之時就一直伴隨美國、歐盟、俄羅斯三方的博弈，這條管道背負着很多爭議與阻力。自始至終美國都強烈反對這條天然氣管道的修建，美國多次對項目相關實體與個人施加制裁，試圖讓德國徹底放棄這個項目。但德國政府認為這是一個商業項目，堅決不放棄。默克爾卸任德國總理前，於 2021 年 7 月訪問美國，爭取美國對北溪二號的制裁豁免。美國政府最後妥協，對這一項目放行。

美國擔憂北溪二號是有私心的，一是它不願意看到俄羅斯對歐洲的影響力增強，二是作為液化天然氣的出口國，美國希望歐洲多採購自己的能源。歐洲內部也有同樣的擔憂。俄羅斯

天然氣輸送到歐洲主要通過兩條渠道：一條經過烏克蘭，另一條經過白俄羅斯與波蘭。不少歐洲國家不信任俄羅斯，害怕被俄羅斯掐住能源命脈，害怕天然氣成為政治武器。對烏克蘭而言，收取俄羅斯天然氣過境費用是重要的收入來源，通常佔到其財政收入的 4%~7%。2020 年，烏克蘭從俄羅斯收取了 20 億美元的過境費。但北溪二號繞道而行，降低的不僅是過境成本，更是烏克蘭等國在地緣政治上的重要性。

在北溪二號未完成之前，歐洲從俄羅斯進口天然氣管道是經過烏克蘭的，而俄烏每次交惡都對輸氣管道進行威脅，小國能忍，德國是歐洲第一大經濟體、世界第四大經濟體，怎麼可能忍受被他人掐脖子的事，北溪二號涉及德國的國運。這次北溪二號被炸，對俄羅斯和歐洲能源影響極大，未來結果如何，讓我們拭目以待。

俄羅斯背水一戰，歐洲飢寒交迫

俄烏衝突發生以來，美歐對俄制裁來勢洶洶。俄羅斯背水一戰，歐洲飢寒交迫。沒有天然氣，歐洲人就得凍着，沒有糧食，歐洲人就得餓着。

沒有天然氣，歐洲人就得凍着

2022 年 4 月 1 日在俄羅斯正式啟動新天然氣支付程序的第一天，寒潮真的來了。一股從北極來的強大冷氣團掠過英國迅速向歐洲大陸推進，整個歐洲都在劇烈降溫，歐洲各大城市普降大雪。有人說，制裁俄羅斯是為了保證歐洲安全，他們只能豁出去了。其實他們是豁不出去的，對歐洲人來講，安全重要還是活着重要？

法國先扛不住了。法國總統在為大選而奔走時，一位民眾質問：「你跟我說烏克蘭，但如果明天俄羅斯決定關掉天然氣的閥門，我們該怎麼辦？」法國電價飆升，核電站有一半以上停工，為了百姓生活取暖，為了企業生產，法國明白只有與俄羅斯合作才有未來。

英國倫敦市中心爆發了大規模示威遊行，民眾要求首相下台，高呼我們要生活，我們要天然氣。英國能源價格比一個月前上漲了 54%，民眾強烈不滿。

德國柏林發生了 5 000 輛汽車參與的大規模示威遊行，讓總理下台，民眾支持俄羅斯。德國是歐洲工業的中心，德國的鋼鐵、玻璃、食品和醫藥產品等製造商，都要依靠俄羅斯的能源進行生產。為了節約能源，德國官員呼籲，讓德國民眾在室內穿上毛衣保暖。德國居民已經開始囤積木材進行取暖。沒有

天然氣，生產沒有保障，百姓會捱凍，這是歐洲面臨的寒冷局面。

沒有糧食，歐洲人就得餓着

歐洲已經少油缺氣了，但更大的危機正在醞釀。俄羅斯表態，只向友好國家以盧布和國家本幣結算的方式出口糧食。同時俄方有可能會擴大禁止從西方國家進口商品的名單。歐盟一聽就慌了，歐盟一半以上的玉米進口，大約 1/5 的軟小麥進口，以及近 1/4 的植物油都來自烏克蘭，目前烏克蘭東部有 6 個糧倉已經被炸。

另外，作為「化肥王國」的俄羅斯，供給歐盟 30% 的化肥，而歐洲農民在高通脹的壓力下，維持生計都成問題，他們在等待歐盟大規模的補助，有的國家已經不聽指揮了。匈牙利對穀物出口實施了額外控制。如果再算上千萬難民，以現有的庫存，歐洲糧食支撐不了多久。

俄烏兩國都是糧食出口大國，佔世界 25%，這個缺口是很難補上的。如果沒有天然氣，百姓還能砍木材，要是沒了糧食，難道讓人們啃樹皮嗎？據報道，有個歐洲老人這樣說：「我本來過上了很體面的生活，我還可以度假。現在一切都變了，我甚至都支付不起電費和汽油費了。」歐洲本來是世人羨慕的地區，

人們生活富裕，不愁吃穿，假期到處旅遊。沒想到地區衝突讓歐洲人飢寒交迫，受凍捱餓。沒有了石油和天然氣，不能取暖，土豆都煮不熟。沒有了糧食就烤不出麵包。這讓人們一下子認識到物質基礎的重要性，一個是能源，一個是糧食，之外才是錢，才是銀行和金融，如果沒有了物質基礎，一切就是空的。

英國貧民拒吃土豆

有媒體報道，英國貧民都不吃土豆了，因為他們支付不起煮土豆的燃料錢。英國有專門為接濟當地窮人發放食品的慈善組織，叫食品銀行。食品銀行的工作人員說，前來領救濟的人，不要土豆和其他根莖類蔬菜，他們會選擇一包預先煮熟的米飯，而不要 20 分鐘才能煮熟的生糧食，因為這些人負擔不起煮土豆的燃料錢。

天然氣價格上漲，對英國人來說是毀滅性的災難，來食品銀行的人大都處於相同的境地，靠最低工資生活，燃料價格上漲把他們推到了懸崖邊。據英國國家統計局的數據，由於汽油、柴油等能源成本增加，英國從食品到玩具等各種商品的價格不斷上漲，2022 年 2 月 CPI（消費價格指數）同比上漲

6.2%，為 30 年來最高，其食品價格的通脹率已逼近 10%。食品價格的全面上漲，給英國貧困家庭造成了沉重打擊。

因油價上漲，工人短缺，運輸成本飆升，電費增加，英國人每月掙的錢都不夠花了。英國人不得不在取暖和吃飯中做出選擇。很多人別無選擇，只能去食品銀行領取食品，接受救濟。

更有甚者，英國有一款食品深受國民喜歡，就是炸魚薯條，被稱為「國菜」，連英國首相也非常喜歡吃。由於炸魚薯條的原材料鱈魚和葵花子油價格飆升，有機構表示，如果政府不出手干預，預計英國 1 萬多家炸魚薯條店超過半數會倒閉。照此下去，英國人連炸魚薯條都吃不起了。

不僅如此，由於能源價格上漲，很多英國人交不起能源費用了，一位已退休的英國婦女為自己支付不起天然氣賬單而哭泣。上個月她的賬單是 30 英鎊，這個月就是 88 英鎊。從原先不到 300 元人民幣，一下子增加到 800 元，這讓一般家庭怎麼支付得起。對這位英國老人來說，這份賬單讓她的生活陷入了危機。2022 年，英國家庭的能源支出比 2021 年上漲了 25%，這讓本就不富裕的家庭雪上加霜。

英國有 500 萬人表示，他們無法承受 2022 年 4 月的能源價格上漲，20% 的英國成年人表示，未來 3 個月內，他們可能會借錢或使用信貸來維繫關鍵性支出。現年 62 歲的伯恩，

是曼徹斯特一名工作了 41 年的工人，他表示自 2021 年疫情失業後，在整個 2022 年裡，他一直靠食品銀行生活，房子裡長期只開一盞燈。現在，他擔心自己已經付不起供暖費用了。

高昂的燃料費讓英國人的生活受到負面影響，能源和食品價格高漲，對英國百姓來說是最大的生存危機。

多地拉閘限電，我國電力為何緊缺

2021 年 9 月，因為拉閘限電，吉林、遼寧兩省的居民反映，大清早停水停電，家裡一滴水都沒有，馬桶沖不了，手機沒有信號，完全上不了網，家裡沒電做不了飯。有道路因紅綠燈關閉產生擁堵，有居民要爬 20 多層的樓梯，部分商舖只能點蠟燭營業。有網友留言，看到限電通知後，下單買了 100 根蠟燭。東北民用限電，南方省份對工業用電進行了嚴格限制，較大企業被迫停工，也傳出民用限電消息。我國電力為何突然不夠用了？

造成這次電力緊缺的原因有以下幾點：

第一，煤炭價格大幅上漲，供應出現短缺。2021 年煤炭價格持續走高，9 月 16 日到 9 月 23 日動力煤價格達到 1 086

元／噸，同比上漲了近一倍，較年初上漲 56.26%。由於煤炭價格飆升，火力發電廠現在每發一度電都在賠錢。動力煤價格達到了多年未見上千元一噸的水平，嚴重偏離了電廠盈虧平衡點，火力發電廠發電越多虧損越大。

目前火力發電仍是我國發電的主要類型，2021 年中國能源結構中火力發電佔 71.13%，在火力發電中，超過九成依靠燃煤發電，火力發電廠主要使用動力煤。但我國巨大的煤炭儲量主要都是化工煤，動力煤需要進口，煤炭漲價增加了發電企業的成本，而國家電網的上網價格沒有變化，所以發電企業生產越多虧損越多，限量生產就成了趨勢。

第二，南方各省也缺電，南方主要靠水力發電，但 2021 年降水量很少，自然發電量不夠。

第三，用電需求增加，加大了電力缺口。2021 年我國製造業恢復勢頭迅猛。受外部因素影響，除中國外，全球主要的生產國工廠停工現象比較普遍，比如印度和越南，海量海外訂單紛紛湧入中國。2021 年上半年，我國貨物貿易進出口總值達到 18.07 萬億元，比去年同期增長 27.1%，其中出口 9.85 萬億元，同比增長 28.1%。

這一輪多地拉閘限電還有一個更重要的原因，即在「能耗雙控」的約束下，10 個省的政府猛踩剎車。但不管是哪一種

原因，拉閘限電都暴露了一個問題，即一些地方在採取拉閘限電措施時，手段過於簡單粗暴。民生問題是最大的問題，如果拉閘限電，那就必須考慮普通百姓的生活需求，做到提前通知，讓大家有所準備。

可喜的是，國家電網表態：保障基本民生用電需求，最大可能避免出現拉閘限電的情況。有不少人建議，停了城市燈光秀等一些耗電項目。大家要養成節電的好習慣，14 億人口的大國，每人哪怕節約 1 度電，就有 14 億度電可用。還有那些高耗能的企業，一定要做好產業升級的準備。

高溫席捲歐洲，為何不裝空調

2022 年夏天，歐洲多國遭受了歷史極端高溫的考驗。英國多地出現了 40 攝氏度的高溫，已打破歷史紀錄。要知道，英國夏天平均溫度也就 20 攝氏度，突然間溫度飆升了一倍，造成至少 14 人死亡，多起火災發生。和英國隔海相望的法國也面臨同樣的高溫，一些地方平均溫度達到 42 攝氏度以上，受高溫影響，法國西南部一片森林着火，過火面積達 2 萬公頃，相當於 6 個澳門特別行政區的面積，3.4 萬名居民被迫緊

急疏散。受災最嚴重的是西班牙和葡萄牙，高溫已致 1 000 多人死亡。忍受不了高溫的歐洲人都去搶住有空調的酒店。

面對如此高溫，英國倫敦交通局說，英國僅有 40% 的地鐵裝了空調，建議大家出行要帶水，時刻保持水分充足，以免發生意外。法國媒體建議民眾睡前可以把被單放到冰箱冷凍幾小時，這樣拿出來再用有助於降溫。對此很多人好奇，與其這樣做為何不鼓勵大家裝空調？有調查顯示，歐洲建築物安裝空調比率不足 20%，有空調家庭佔比不足 5%。事實上，歐洲人空調安裝率低主要有以下幾個原因。

第一，安裝費和電費很貴。法國巴黎的最低工資標準是 1 600 歐元（約合人民幣 1.1 萬元），扣除稅費後，一對夫妻到手大約 2 800 歐元（約合人民幣 1.9 萬元），而一台 700 歐元的普通空調，加上安裝費，約佔收入的 1/2，如果是稍微大一點兒的分體空調，安裝價格在 2 000 歐元（約合人民幣 1.4 萬元）左右。法國這種情況在英國、德國、西班牙等國都存在。就算有錢能裝得起空調也交不起電費。2020 年世界家用電費排行榜排名前三的全是歐洲國家。2022 年夏天電價飆升，數據顯示，折合成人民幣每度電大概 2.76 元，是疫情前的 4~5 倍，而我國的用電價平均每度五六角。

第二，安裝手續麻煩。以法國為例，要在自家陽台安裝空

調外機，通常需要徵得樓上樓下鄰居及物業管委會的同意，如果富人想在自己的別墅安裝空調，還要去市政廳辦理，獲得政府許可才可以安裝。

第三，與地理位置有關。西歐國家溫和濕潤，四季差別不大。以倫敦為例，夏天平均氣溫為 20 攝氏度，冬天很少有低於 0 攝氏度的情況。一年中高溫天氣沒幾天，確實不需要空調，最多買個電風扇就夠了。於是，2022 年夏天的持續高溫讓歐洲人措手不及。

第四，歐洲很多家庭不裝空調是因為他們的環保意識比較強，在他們看來，安裝空調會增加空氣污染。空調排出來的熱氣也會導致氣溫上升，不利於環保，很多環保人士會自覺拒絕安裝空調。

2022 年 3 月以來，全球多地出現 40 攝氏度以上的高溫，打破了許多歷史紀錄。為何會出現如此異常的天氣？業界一致認為，關鍵還是全球變暖帶來的影響，地球越來越像火球。早在 2015 年，世界各國就簽署了《巴黎協定》，提出將全球平均氣溫較前工業化時期的上升幅度控制在 2 攝氏度以內，並努力將溫度上升幅度限制在 1.5 攝氏度以內，全球變暖不僅會導致高溫、暴雨和乾旱等極端天氣頻發，還會造成電力、能源、糧食短缺。

2022 年發生的一系列異常現象，也許就是地球發出的警告，世界氣象組織近日表示，像本次歐洲熱浪這樣的極端高溫未來將頻繁出現，這一氣候惡化趨勢將至少持續到 2060 年。人類只有一個地球，我們要用實際行動減少碳排放。

四川太熱了

都聽過學生放暑假，你聽過企業放暑假嗎？

2022 年入夏後，四川多地出現 40 攝氏度以上高溫天氣，突破歷史紀錄。成都有些寫字樓因高溫限電，部分企業開啟居家辦公模式，甚至有一些居民到古墓納涼。因為用空調的人太多，導致用電量激增。為了確保民生用電不進行拉閘限電，8 月 14 日四川宣佈，除攀枝花、涼山外的 19 個市（州），大量工業企業生產全停，放高溫假 6 天。

作為水電大省、西電東送輸出地的四川省為何會出現電荒？

一方面是受高溫影響。四川地處長江中上游，大小河流有 1 400 多條，有「千河之省」的稱號。依託豐富的水力資源，當地能源結構以水力發電為主，約佔全省發電量的 80%。往年這時是豐水期，由於發出的電遠高於用電量，水電站還會被

迫放棄多餘的水力發電量，數據顯示，2016—2020 年，四川年均棄水力發電量超 100 億千瓦時。誰承想，2022 年四川遭遇 60 年一遇的高溫，平均降水量較常年少了 51%，水力發電看天吃飯，降水少了，供電就會下降。天氣熱了，開空調的人多了，用電量就會越來越大，當時四川日用電負荷已達 6 500 萬千瓦時，接近經濟大省廣東的一半了。

另一方面，四川還要承擔「西電東送」的任務。西電東送是指西部省份的電力資源，輸送到電力緊缺的廣東、華東和京津唐地區。截至 2022 年上半年，四川累計對外輸送水電 1.35 萬億千瓦時。這些電足以滿足上海 8~10 年全社會的用電需求。而四川在出現電荒時能不送或少送嗎？答案是不能。在全國能源一盤棋的戰略下，四川輸出的電量由國家統一分配，省外和省內有固定分配比例，並不是省內用不完的電才輸送到省外。不過好在後來來自 13 省（市）的 50 台應急發電車陸續抵達四川，支援四川供電，這一舉措緩解了當地的電荒。

這次四川限電是發電少了，用電多了，而對外輸送的電不能少，這是疊加因素造成的。但靠停工限電讓電於民，只能是短暫應急，2022 年因為疫情，企業生產經營本身就受到了影響，又因電力不足，一些企業停工放假，這對企業及當地經濟來說是難上加難。有數據顯示，此次限電導致新能源電池的

一種重要材料——碳酸鋰產量減少了約 1 120 噸，佔行業比重 3%；重要化工原料氫氧化鋰產量減少了約 1 690 噸，佔行業比重約 8%。更重要的是，四川是我國製造產業的重要區域，好多能源化工和電子信息企業在此設廠，四川限電停產，整個產業鏈也會受影響。

四川限電也給其他省（市）敲響警鐘，如何應對電荒這樣的突發情況。一方面，要大力發展儲能技術，把平時多餘的電儲存起來，等到需要的時候再用。目前電化學儲能是市場上關注度最高的儲能技術，鋰電池更是受到資本市場的青睞。另一方面，要繼續推進特高壓輸電線路建設，特高壓輸電的主要特點是，輸送容量大、輸電距離遠和電壓高，大大加強了各地電力調配的效率。最後，在清潔能源發電技術沒有完全成熟時，還是要保證火力發電的能力，以作為備用和應對突發情況。

俄羅斯切斷天然氣，歐洲還能撐多久

2022 年 9 月，俄羅斯正式宣佈對歐洲輸氣的北溪一號「無限期關閉」。這條管道東起俄羅斯，經波羅的海海底通往德國，2021 年經由這條管道輸送的天然氣佔到歐洲進口俄羅斯

天然氣總量的 35% 左右。

北溪一號無限期關閉消息一出，9 月 5 日歐洲天然氣價格再度暴漲 30%，達到每千立方米 2 800 美元以上（接近每立方米 20 元人民幣）。相較於衝突前的每千立方米 300 美元，上漲了近 10 倍。現在歐洲人已開始劈柴取暖，德國以前火葬場一爐燒一個人，為節約能源現在 5 個人一起燒。捷克首都布拉格爆發了 7 萬人的大規模示威遊行，歐洲其他國家也爆發了大規模示威遊行，示威者要求政府控制能源價格的飆升。

面對愈演愈烈的能源危機，法、德這樣的大國短期還能承受，但捷克這樣的小國對俄羅斯天然氣依賴度超過 60%，一旦斷氣根本受不了。按往年的情況，歐洲從 10 月開始就會進入冬季。但一些科學家認為，2022 年歐洲夏天遭遇極端高溫，冬天與往年相比可能會更冷，到那時天然氣的價格會更貴。從表面上看，歐洲能源危機是因為 2022 年初俄烏衝突導致的，其實這是美國精心策劃的對歐洲經濟的掠奪。

美國一直想取代俄羅斯，成為歐洲天然氣市場的供應商，這場戰爭正好給了美國機會。有數據顯示，2021 年歐洲進口的液化天然氣，每天約 9 600 萬立方米。而 2022 年每天增加到 1.95 億立方米，新增的（每天）1 億多立方米的進口量大部分來自美國，進口價高於市場價 10 倍。2022 年，僅天然氣這

一項美國就從歐洲多賺了上千億美元。作為世界頭號強國，美國想賺更多錢，就會加大援助烏克蘭、制裁俄羅斯的力度，讓歐洲和俄羅斯關係更緊張，進而導致歐洲出現嚴重的後果。這表現在兩個方面。

第一，資本出逃。面對漲上天的能源價格，歐洲企業和工廠開工一天就虧一天，出路除了倒閉就是出逃到穩定安全的地方，美國就成為首選，這讓美國經濟受益，歐洲經濟受損。

第二，歐元貶值。受戰爭影響，大量資金從歐洲出逃，歐元兌美元匯率大幅貶值。截至 2022 年 9 月 6 日，歐元兌美元匯率跌至 0.99 美元，創 20 年來新低。歐元大幅貶值意味着，消費者購買國際商品更貴了，需要花的錢更多了，而美元大幅升值，則意味着以美元計價的資產升值了。通過匯率貶值，歐洲財富回流到美國。當下歐洲面臨着經濟衰退、政治動盪、通貨膨脹三座大山，歐洲已成為一個巨大且危險的火藥桶。留給歐洲的時間不多了，沒有俄羅斯的天然氣，歐洲的寒冬怎麼度過？歐洲還有甚麼路可走？要麼用骨氣挺過這個寒冬，要麼恢復和俄羅斯的關係，讓經濟回到正常軌道。當然，也不排除第三種可能，就是在美國的逼迫下，和俄羅斯徹底鬧僵，引發更大規模的衝突。

第 3 章

美國加息，通脹來了

美國通脹了，中國怎麼辦

　　美國 2022 年 2 月 CPI 同比上漲 7.9%，美元貶值了，這意味着美國只有加息一條路了。3 月 17 日加息已成定局，只是加息 0.25% 還是 0.5% 的區別。加息 0.25% 不起作用，解決不了任何問題，但一次性加息 0.5%，美聯儲又擔心市場震動太大。我們說，就算美國加息 0.5%，和美國通脹相比還差 7.4%。如果美元貶值了，誰還願意持有美元呢？

　　當時，市場預期美元 3 月會率先加息，美元升值，讓各國資金回流到美國。面對通脹，美元要加息到甚麼程度才能讓海外的錢回流到美國？美聯儲騎虎難下，外部因素和俄烏衝突導致石油、天然氣、大宗原材料、糧食、貨物運輸等都出現了問題，能源價格飆升，天然氣價格漲到每千立方米 3 000 美元，石油價格超過每桶 130 美元，都創下了歷史新高。美國通脹率

也創下了 40 年來的新高。

石油和糧食是世界上最重要的物質基礎，沒有石油，機器沒有飯吃；沒有糧食，人類沒有飯吃。這兩個基礎如果都出問題，會導致甚麼結果？

美國出現高通脹，價格是傳導的。居民每月收入是一定的，如果燃料取暖和加油費用增加了，人們就會節衣縮食減少別的消費，這會影響美國經濟的復甦。本來的好局面被高通脹攔住了。美國原以為制裁俄羅斯，對俄羅斯石油、天然氣和煤炭都實行禁運，不進口俄羅斯石油，等美國一加息，全球資金就會流向美國。沒想到的是，外面的錢還沒有進來，加息還沒開始，美國的通脹就控制不住了，通脹率達到 7.9%。加息是為了控制通脹，這樣一來美國的經濟就會放緩，但是不加息會加劇通脹。美國面臨兩難選擇。

當前歐洲有能源問題，非洲有糧食問題，糧食漲價帶動其他價格上漲。國外能源和糧食價格都在漲，中國需要進口能源和糧食，因此也會影響到我們。當今世界彼此相連，美國通脹率 7.9%，歐元區 2022 年核心通脹率為 5%，2022 年 4 月俄羅斯通脹率升至 17.8%，全世界的通脹率都在漲，我國也不可能獨善其身。

我國面臨的問題是，經濟還很冷，消費和投資還沒有完全

起來。為拉升經濟，我國財政加大減稅退稅力度，加大財政支出力度，實行寬鬆的貨幣政策，還有可能降息和降準。我國經濟踩油門，美國經濟踩剎車。

美國加息是給通貨膨脹降溫，其實美國經濟還沒有完全熱起來。新冠病毒感染疫情以來，美國經濟剛開始復甦，但所有商品價格就立刻漲了起來，通貨膨脹來了，美國不得不加息。我國經濟還沒有完全緩過來，我國財政和貨幣政策都在給經濟踩油門，比如，減稅降費給中小企業注入活力，做投資搞基建，等等，都是為了刺激經濟發展，刺激百姓消費和投資。

美國加息從零利率開始，我國利率為 3%，中美利差還有 3%，因此我國利率有下降的空間。但國際大宗原材料漲價對中國經濟影響較大，進口原材料漲價了，我國生產企業就會給產品漲價，最後漲價會傳導到消費品。通貨膨脹具有傳染性。美國加息多少，它對各國貨幣政策的影響如何，我們拭目以待。

俄烏衝突對全球通脹的影響

爆發於 2022 年初的俄烏衝突，對全球通脹有甚麼影響？

俄羅斯是石油和天然氣的生產大國。天然氣主要供應歐洲

各國。俄烏發生戰爭，受衝擊的是歐洲，因為歐洲各國冬天取暖和生產都用天然氣。

近 5 年來，歐洲進口俄羅斯天然氣比例始終保持在 40% 左右，歐洲需要的天然氣比較多，而天然氣的庫存本來就低，俄烏衝突導致歐洲能源緊張。

俄羅斯運往歐洲的天然氣近 1/3 需途經烏克蘭，人們最大的擔心是，歐洲會出現天然氣斷供，這對歐洲經濟將是一個打擊。

俄羅斯在「冷戰」期間也從未斷過對歐洲出口天然氣，因為天然氣出口對俄羅斯經濟很重要。所以不到迫不得已，俄羅斯不會中斷對歐洲天然氣的供應。還有一種可能，如果以美國為首的西方國家一定要制裁俄羅斯，不讓俄羅斯的天然氣出口，歐洲這個冬天就會有些冷。

還有一個大問題是石油，美歐有可能對俄羅斯出口石油進行限制，這將對油價產生比較大的影響。戰爭打響後，石油升破每桶 100 美元。俄羅斯是第二大石油出口國，僅次於沙特阿拉伯，高於美國。2020 年的數據顯示，俄羅斯排第二，美國排第四。現在俄羅斯有一部分石油出口給歐洲，還有一部分石油出口給中國，給中國的石油不會受到太大影響。但俄烏衝突導致石油供給減少，將會推升大宗原材料價格上漲。

俄烏衝突對全球有如下影響。

第一，對通脹的影響。對主要經濟體的風險點在於，有可能進一步推升通貨膨脹壓力，美國通脹率是 7.9%，歐洲的通脹率是 5%，它們的目標都是 2%，如果價格繼續上漲，通脹上升的壓力就更大了。這一過程是這樣傳導的，天然氣供應緊張，導致電力價格上漲，供暖費上升，人們花在取暖上的費用提高，從而擠壓其他消費。例如，英國人會考慮是讓自己更暖和一些，還是吃得更飽一些，很多窮人都在艱難選擇中度日。

第二，對央行加息的影響。如果通脹率更高，歐美央行怎麼應對？在沒有繼續推高能源價格的情況下，美聯儲 2022 年 3 月進入了加息週期。天然氣漲價，消費者沒錢了，這說的是歐洲。石油價格漲了，美國人開車費用增多，導致美國和歐洲的貨幣政策收緊。收緊政策後的經濟會怎樣？這是我們要關注的，因為它很快會影響到我國經濟。

第三，對油價的影響。石油價格短線是上漲的，最後油價由石油的供求說了算。

第四，對金價的影響。戰爭打響，黃金成了避險資產。

美聯儲加息了，中國如何應對

2022 年 3 月 16 日，美聯儲宣佈加息。16 日下午，我國國務院金融穩定發展委員會開會表示，要保持經濟運行在合理空間，保持我國資本市場平穩運行。會後中國人民銀行、財政部、銀保監會、中國證券監督管理委員會、國家外匯管理局 5 個部門都表態要維穩。這些就是為了應對美聯儲加息，穩住股市。為甚麼要這樣做？因為我們要防範美國加息可能對中國股市造成的衝擊。我國提前做出了應對措施。

美國收緊貨幣政策，用加息的手段來對付通貨膨脹，但美國加息對我國影響並不大。我國 2022 年的經濟增長目標為 5.5%，為實現這個目標，我國的貨幣政策是寬鬆的，因為我國沒有通脹壓力，政策面對的是刺激經濟，鼓勵消費，解決就業問題。我們執行自己的貨幣政策，不會跟着美國加息。

有人擔心，如果我國不加息，國際通貨膨脹會傳導到我國。他們一是擔心能源價格，二是擔心糧食價格。先分析第一點，能源價格佔我國 CPI 2%~3% 的權重，而且國際燃油價格和汽油價格漲到每桶 130 美元以上是不傳導的，因為我國有規定，高於每桶 130 美元的部分由國家來承擔，這一點不必擔

心，漲價部分由國家買單。

國際糧價上漲會影響中國糧價嗎？有兩點分析，一是我國小麥自給自足，產量足夠，小麥進口量不到 6%，玉米進口量不到 10%。而且農產品的替代性很強，豬飼料不用玉米可以用別的。二是這一季烏克蘭播不了種子，收成不好，時間長了就會想出別的辦法。國際糧價有可能是一個問題，但我國糧食並不是特別依賴進口，所以長期看，我國糧價非常穩定。

目前我國消費復甦比較慢，需要擔心的是，美國央行收緊貨幣政策，退出量化寬鬆，國外需求就會下降，這會導致我國出口需求減少。例如，由於能源價格太高，當供暖、開車、加油價格都上去後，歐元區居民在其他方面，如衣服、傢具和燈飾品上的需求就會減少，因為沒有錢，其他消費就會受到擠壓，他們不消費，進口需求少了，直接風險是外需走弱。中國面臨的問題是內需疲軟，當外需走弱、國外需求下降時，我們更應該重視這些問題。

我國眼下要做的是刺激經濟發展，加大內需，拉動經濟增長，解決就業，讓更多人有工作，這樣中國經濟才能發展起來。

因此，我國央行不但不會跟隨美國加息，還有可能降息。有人擔心，不加息人民幣就會貶值。的確，短期內人民幣是有

可能貶值的，但貨幣貶值有利於出口，不利於進口。長期來看，不會影響人民幣升值。我國經濟增長了，人民幣購買力增強了，從長遠看人民幣會升值。

美國加息了，世界經濟的不確定性增加了，作為個人該怎麼辦？我個人的建議是謹慎投資，珍惜工作崗位，儘量別辭掉工作。手裡存點兒錢，以備不時之需。

歐洲、日本加息嗎

2022 年 3 月 16 日，美聯儲宣佈加息，基準利率上調 25 個基點，加息 0.25%。這是美聯儲三年多來首次開啟加息週期。美國加息，歐洲、日本央行會跟着加息嗎？

美國為何加息

2020 年新冠病毒感染疫情暴發，美聯儲採取了零利率加量化寬鬆的貨幣政策。美國央行放水，美國政府給國民發錢。國民有錢去消費，企業以零利率貸款去投資，就這樣美國經濟開始走強，失業率降到 3.8%。沒有想到的是，2022 年美國通脹率一度高達 7.9%。總需求太強，總供給不足，這時就不適

合零利率了。美國經濟過熱怎麼辦？美聯儲採用加息手段給美國經濟降溫。

加息意味着，個人和企業的存貸款利率升高了。貸款利率高了，不利於個人消費和企業投資，會讓經濟放慢速度。但不加息控制不住通貨膨脹，經濟高增長就被通貨膨脹抵消了。加息還會對股市、債券市場、大宗原材料市場等產生很大的影響。

歐洲和日本央行加不加息

歐洲央行表示，要退出量化寬鬆的貨幣計劃。歐洲和美國的不同點在於，美國通脹上行壓力大。新冠病毒感染疫情導致貨物價格上漲，美國的二手車非常貴，2021 年價格飆升了40%，能源、大宗商品的價格都在上漲。對美國來說，服務業價格上漲是最大的問題，美國服務業佔 GDP 的比重很大。服務業價格上漲有兩個原因：第一，工資上漲速度快，因為勞工短缺；第二，房地產熱，導致房租漲得快。這次通脹壓力大而廣泛，工資上漲了，房租上漲了，飯費、油費都上漲了。例如，沒有人願意到港口卸貨，因為開車汽油費太貴了，跑一趟不合適，也沒有人願意去餐館打工，因為掙錢太少了。怎麼辦？只能漲工資，這就形成了工資漲、通脹預期高、工資再漲

的循環。

這就是美國要加息、加息比別的國家早、加息的次數比別的國家多的原因。但歐洲工資漲得沒有美國快，整體工資壓力不大，所以歐洲現在是在退出寬鬆政策。

日本央行沒有加息空間。日本也有 2% 的通脹目標，但它從來就沒有達到過。日本通脹壓力和歐美不同，日本有太長時間的通縮，國人對通脹預期低。日本每年通脹都不調價格。在日本，哪個商家如果要漲價，就要對日本國民道歉。2014 年商家漲價，日本人就買一些價格稍微低的商品。日本人的工資不漲，國民不能承擔物價的上漲。所以，日本退出負利率概率比較小。

日本是一個商品進口大國，如果能源價格一直維持高位，農產品、進口貨物通脹率會很高，短期內會超過 2%。日本政府想用一些燃油補貼控制價格，如果推高通脹，對經濟增長不利。

俄羅斯央行會不會跟着美國加息？俄羅斯在 2022 年 3 月提前加息，其利率已經達到 20%。

美國加息等於美元升值，不加息的國家貨幣就會相對貶值。這些國家如果不跟着美國加息，本國貨幣就會流進美國。但跟着加息，不利於本國經濟發展。因為各國經濟形勢還不太

好，一旦加息，個人和企業貸款成本就會升高。

總而言之，美國加息對各國央行來說都是一個兩難的選擇。有人這樣形容：美聯儲打個噴嚏，全世界就要下雨。

美國又對東南亞下手了

美國收割完歐洲，又對東南亞下手了。2022 年，東南亞從股市到外匯市場，從經濟到政治，處處充滿危機。越南股市從 4 月以來連續大跌。截至 5 月 17 日，胡志明指數已從 2021 年的 1 530 點跌至 1 224 點。印度尼西亞則遭遇了股債雙降，印度尼西亞盾跌至 2020 年 11 月以來的最低。斯里蘭卡情況更糟，截至 2022 年 5 月，全國大面積停電缺糧，面臨着 510 億美元的債務，可動用的外匯儲備只有 5 000 萬美元，總理辭職，國家進入緊急狀態。這些都不是巧合，背後是美元霸權收割全球的基本套路。這個過程是：美聯儲先降息，美元在國內賺不到錢，就流入發展中國家，推高那裡的樓價、股價；之後美聯儲突然加息，資本看到美國有錢可賺，紛紛流回美國，造成發展中國家的樓市、股市等資產貶值，美元資本再殺個回馬槍，收購發展中國家的資產。

按照這個邏輯，回望一下最近股市很火的越南，在新冠病毒感染疫情這幾年，越南股市被稱為全球最引人注目的靚仔，

胡志明指數從 2020 年的 780 點躍升至 2021 年的 1 530 點，漲幅近一倍。再說樓市，以越南第一大城市胡志明市來說，6 年前這個城市的平價樓盤價格是 790 美元 / 平方米，2022 年最高已漲到 2 200 美元 / 平方米，漲幅近兩倍。這個場景像極了十幾年前我國樓市起飛的樣子。在外貿方面，2022 年一季度越南進出口總額 1 763.5 億美元，同比增長 14.4%。前段時間媒體上都是越南外貿超越中國深圳，越南要取代中國世界工廠地位的新聞。當越南中產階層喜笑顏開時，大洋彼岸的美國人也笑了，「豬養肥了，可以宰了」。

越南也好，印度尼西亞、斯里蘭卡也罷，整個東南亞繁榮的背後都離不開美元的支持，股市極度依賴外資，代加工的企業好多都是美國企業，以美元結算。所以，美國開始加息，東南亞想不接受美國的收割套路是不行的。

事實上，1982 年拉美主權債務危機、1990 年日本經濟泡沫、1997 年東南亞金融危機、2007 年美國次貸危機都是美聯儲加息導致的。2022 年東南亞面臨的危機可能是前奏，真正的暴風雨還在後面。屆時，等待東南亞的可能又是股市暴跌—匯率貶值—資本外流—局勢動盪—資產暴跌—外資抄底這一熟悉的流程。一個國家只有經濟好了，綜合國力強了，才能避免被美國一次又一次地收割財富。

斯里蘭卡破產

新冠病毒感染疫情發生後，2022 年首個破產的國家出現了，那就是斯里蘭卡。斯里蘭卡是印度洋上的一個島國，位於印度東南部，國土面積 6.561 萬平方千米，約有 2 200 萬人口。斯里蘭卡的地形像一顆寶石，那裡盛產紅茶和寶石，地理位置接近赤道，終年如夏，是一個熱帶島國，有着美麗的海濱風光，是一個充滿魅力的旅遊勝地。

斯里蘭卡為何破產了？因為資不抵債，還不起外債，所以國家宣佈破產。

2022 年以來，斯里蘭卡的日子非常不好過。聯合國糧食及農業組織把它列為需要糧食援助的國家。造成這一切的原因是，斯里蘭卡持續爆發經濟危機。從 1983 年到 2009 年經歷了長達 26 年的內戰。內戰結束後，政府通過大量借債來重振經濟。2021 年外債總額已達 510 億美元，如此大規模的舉債發展，為國家破產埋下了隱患。

2019 年新政府上台後，進行了全方位改革，鼓吹無限印鈔的經濟理論，認為財政赤字不可怕，只要維持充分就業和低通脹就可以。在不到兩年的時間裡，斯里蘭卡的貨幣供應量增

加了 42%。貨幣大幅貶值，通脹率超過 54%。單憑這一點還不足以讓一國短期內經濟崩潰。外部因素嚴重衝擊了旅遊業，讓佔 GDP 總量約 10% 的產業瞬間垮掉。

2 200 萬人口既面臨能源供應告急，又面臨糧食價格暴漲，一日三餐都無法保證的嚴峻局面，斯里蘭卡翻身無望。在斯里蘭卡，大米、糖、牛奶等生活必需品已被限量供應。由於能源短缺，國內的加油站和加氣站都暫停營業。燃料供應不上，發電廠無法發電，停電成為家常便飯，最多時一天能停電 16 個小時。

斯里蘭卡國內 80% 的百姓連飯都吃不飽，按理說，斯里蘭卡是一個氣候適宜的熱帶國家，國土面積 61% 是耕地，為何吃不飽飯呢？2021 年政府下令，農業生產禁止使用化肥和農藥，理由是大量進口化肥和農藥要消耗外匯。面對日益減少的外匯儲備，只能先保民生緊急用品。但不使用化肥和農藥，土地肥力下降，2021 年稻米減產 14%，於是又大幅提高糧食進口，這進一步消耗了原本就不足的外匯儲備，造成惡性循環。

事情到了這個地步，在一個本來就貧富分化嚴重的國家裡，當 80% 的百姓連飯都吃不飽時，多麼瘋狂的事情都有可能出現。更讓人擔憂的是，這種狀態可能不僅僅存在於斯里蘭

卡一國，那些經濟基礎薄弱、對外依存度較高的發展中國家，尤其是在美聯儲開啟加息週期後，會面臨更大的風險。

美國大幅加息，對中國有何影響

2022 年 6 月 16 日，美聯儲宣佈加息 75 個基點。美聯儲明確表示，要控制通脹。美國為何要這麼大幅加息，這對美國的影響是甚麼，對中國的影響又如何？讓我們來分析一下。

這次是美國自 1994 年以來最多的加息量，2022 年第一次是 25 個基點，第二次是 50 個基點，第三次是 75 個基點。美聯儲為了控制通脹，加息的速度很快。

為何加息這麼快？2022 年 6 月 10 日美國出了通脹報告，數據高於市場預期。市場預計 8.3%，結果 CPI 是 8.6%，最重要的是，環比增速非常快，接近 1%，如果 CPI 一個月增長 1%，一年 CPI 就會增長約 12%，這太可怕了。

2022 年初美國認為，2021 年的通脹是因為二手車價格太高。2021 年是因為供給出了問題，貨物價格上升的原因是政策刺激發錢，需求增加，但貨物供應受疫情影響，導致供不應求，價格上去了。2022 年疫情形勢變好了，供給量瓶頸應該

有所緩和，價格會下降。但 2022 年的問題是，貨物價格沒有降下來，能源價格上升，汽油價格上升，俄烏衝突導致能源市場緊張。

更重要的是，服務行業價格升得非常快，其中一個原因是勞工市場恢復，失業率低，導致工資增長的年化率在 5% 以上。勞工成本上升，服務行業價格上升，很多通脹項目，比如租金和醫療服務增長的年化率都在 5% 以上。問題在於，如果服務市場工資增長過快，是非常有趨勢性的，很難自己降下來，今年工資漲了 5%，明年就不可能降下來。

此外，由於經濟重啟，機票價格漲得很快。美國為何加息 75 個基點？是因為它發現高通脹非常有黏性，一旦達到趨勢性增長，就必須以收緊貨幣的方式讓需求降下來，這樣才能控制通脹。簡單說，美國是經濟過熱，供不應求，所以美聯儲要做的是給經濟降溫，讓需求降下來，控制通脹。美國表示，有決心將通脹率控制到 2%。但它面臨的問題是，通脹率很高，如果不控制就降不下來。美國更擔心的是，如果通脹預期變得很高，那就會有一個螺旋產生。例如，一個人在冰上被人推了一下，就停不下來了。經濟學上把這種現象叫做通貨膨脹螺旋。所以，美國這次直接加息 75 個基點，想要比較快速地控制通脹。

這對美國經濟有甚麼影響呢？美國原來是雙目標控制，即控制通脹率和失業率，現在是放棄失業率，主要目標是控制通脹率。由於政策過緊，美國經濟走入衰退的概率增大了。從經濟學角度講，加息對經濟的反應要兩個季度，不是很容易見到效果，等見到效果時，就是滯後反應了。雖然數據沒有顯現，但美國房地產市場已經開始慢慢變冷。

再來看對中國的影響。如果美國繼續快速收緊，一段時間內美元處於較強的位置，就會對人民幣產生一定的壓力。但如果美國能較好地控制通脹，我國進口的通脹壓力就會小一點兒，這會減少輸入性通脹。如果美國的貨物市場和能源市場需求不那麼強，我國就不會有通脹壓力。但這會對我國的貨物出口需求產生影響，從現在往後看，我國一定會加大內需，如果美國經濟發展有所放緩，對我國就會產生不利影響。

那麼，美國為何非要加息，弄得世界各國都跟着波動？

其實，如果美國不加息可能對形勢更不利。因為如果通脹控制不住，美國就可能出現更大的問題，它別無選擇。

我國疫情形勢好轉，會有自己的經濟走勢，2022 年 5 月的數據比 4 月的好，這是政策在發力，我國經濟正在復甦。那麼，中國經濟怎麼樣？可以說，在未來所有國家都不好的情況下，中國經濟有可能是最好的。

通貨膨脹，「劫貧濟富」

新冠病毒感染疫情發展至今，全球經濟遭遇了二戰以來最大的衰退。平均每 33 小時，就有 100 萬人深陷貧困。與此同時，每 30 小時，就會新增一名身家超過 10 億美元的億萬富翁。一邊是無數普通人收入大跌，甚至丟掉飯碗，另一邊是億萬富翁的財富暴漲，兩年不到，他們的財富增幅就超出此前 14 年的總和。

這種現象的出現，跟全球央行多次大放水有關。每次放水對普通人和富人的影響都截然不同，普通人的財富被稀釋，富人趁勢完成財富增值。解釋這種現象先得從一個經濟學概念說起，那就是坎蒂隆效應。

如果一個國家印出來的鈔票在一瞬間均勻地落在每個人的口袋裡，那麼我們的財富是不是都不會受影響？就好比我們財富的數額後面都加了一個 0，所有商品的價格也都加了一個 0，我們該怎麼生活還怎麼生活，也不會有通貨膨脹。但現實並不是這樣的。經濟學家坎蒂隆發現，現實中新增鈔票流入社會的過程，是一部分人先拿到它，一部分人後拿到它，先拿到它的人通過商品交易慢慢讓更多的人拿到。

剛開始，大家感覺不到通貨膨脹。但隨着一些先拿到錢的人去買自己喜歡的商品，市場上流通的貨幣逐漸增多，物價就被慢慢抬高了。然後大家就會發現，房子貴了，車子貴了，蔬菜、豬肉、日用品都變貴了，這時才反應過來，通貨膨脹來了。

　　既然鈔票流入社會有先後順序，那麼它先流到哪兒後流到哪兒，對哪些人有利，對哪些人不利呢？

　　央行印鈔，首先流進銀行，銀行通過放貸讓錢流入市場。銀行放貸主要有兩種形式，一是抵押貸款，二是信用貸款。對一般老百姓和中小企業而言，信用貸款有很多限制，很難滿足全部條件，而抵押貸款需要有可抵押或質押的資產。

　　顯然，相較於普通人，富人有更多的資產可抵押，所以他們能先拿到錢，先消費，等於獲得了額外的購買力。

　　富人拿到錢會優先把錢投向哪裡？他們當然會去追求投資回報高的資產，比如去股市、債券市場。在這個過程中，那些手裡有大量股票、債券、基金和房產的人，他們也優先拿到了錢，在物價還沒有上漲前去消費，去買車、買衣服、買家電等。

　　商品價格通過一輪輪傳導紛紛漲價。那些領着固定工資或者領着退休金、保險金的人就比較倒黴了。因為他們是貨幣流

入社會的最後一環，所以他們的資金漲得最慢。因此，在一段時間裡我們會看到，除了工資不漲，其他的都在漲。

說到這裡你就知道為甚麼每次通貨膨脹都對富人有利，對普通人相對不利了。因為在富人的財富結構中，資產比例更大，他們持有的股票、債券、基金和實物資產更多，現金只佔很小一部分。所以，一方面他們能通過資產抵押率先拿到貸款；另一方面，因為資金流入的順序，他們的資產能率先完成增值。

普通人大多把錢存在銀行裡，現金存款比例大，資產比例小。所以，通貨膨脹一旦來臨，財富就很容易縮水。

隨着全球經濟的復甦，我們將迎來一個低利率時代。普通人該如何應對通脹帶來的財富縮水？過去可以閉眼買房，但隨着房地產時代的落幕，財富正從房地產轉向資本市場，去哺育更多的科技企業。資本奔向哪裡，財富就在哪裡，作為普通投資者，也要跟上時代的步伐，掌握更多的投資理財知識。

美聯儲又加息了：魚和熊掌不可兼得

2022 年 9 月 21 日，美聯儲又加息了，宣佈加息 75 個基

點到 3%~3.25%。這是美聯儲 2022 年的第 5 次加息，這些加息中有 3 次加息了 75 個基點。可見美國加息力度之大、之猛，2022 年 3 月到 9 月，僅半年時間利率就從 0~0.25%，一口氣加到了 3%~3.25%，累計加息 3%。

讓我們分析一下這次加息的影響。

關於加息，美聯儲主席說，美國的目標是把通脹率控制到 2%，加息會使經濟增長放緩，就業形勢也會變差，但沒有辦法，美國想穩定物價，不想讓通脹率更高。

美國央行加息的代價是甚麼？

美國想通過加息降低通脹率，但代價是必須接受一個低的經濟增長率，魚和熊掌不可兼得，任何選擇都是有代價的。美國 2022 年 8 月 CPI 同比上漲 8.3%，就算美元加息到 3%，和美國 CPI 比還差了 5.3%，隨着美元加息幅度的不斷加大，加息到一定程度美國股市就有風險了。如果存錢合適，誰還願意去炒股。加息增加了買房人的還貸成本，增加了企業的貸款成本，這樣一來，還有誰願意去消費、買房、投資、創業？無論是消費還是投資，加息都使其成本變高了。如果預期經濟會下行，衰退會到來，誰還敢行動？如果大家都不行動，雖然通脹率會降下來，但經濟增速也會降下來，失業會增加，這有可能導致美國經濟再次進入衰退，全球經濟都會受到影響，我國經濟也

不能獨善其身。這是我們要考慮的事情。

再來看世界，美聯儲加息等於美元升值，不加息的國家貨幣就會相對貶值。誰不跟着美國加息，本國貨幣就會流進美國，但跟着加息，又不利於本國經濟發展。眼下各國經濟形勢都不好，一旦加息不利於經濟恢復，所以說，美國大幅加息對各國央行都是一個兩難選擇。

美國加息對中國經濟影響如何？

美國大幅加息後經濟發展有所放緩，這對我國是不利的。一是影響人民幣匯率繼續走低；二是美國經濟衰退會影響到我國的出口；三是美國加息控制通脹，我國降息提振經濟。面對這種局面，我國一定會提升內需。

宏觀經濟是牽一髮而動全身的，如果外圍經濟不好，我國出口就會不好，與出口相關的行業也會受到影響。如果美國股市下跌，那麼我國股市也好不到哪裡去，世界經濟會出現一榮俱榮、一損俱損的局面。

日本還能撐多久

2022 年 2 月，1 美元兌換 115 日元，後來 1 美元能兌換

140 日元。如果按 1 美元兌 140 日元計算，2022 年日本名義 GDP 時隔 30 年首次低於 4 萬億美元，與第四位德國持平。不僅如此，以美元計價的日經平均指數 2022 年下跌了 20%，日本工資也退回到 30 年前。總而言之，日本現在匯率跌，股市跌，工資也跌。

為何美國加息，日本最倒黴？因為美國踩剎車，日本卻在踩油門。2022 年美國 5 次加息，累計加了 300 個基點，各國都在你追我趕地加息，但日本死守負利率政策不變，目前日本的利率是 -0.1%，其他國家都害怕發生通脹，只有日本害怕發生通縮。

自 20 世紀 90 年代日本房地產泡沫破滅後，日本就陷入了嚴重通縮。日本國民對未來抱着強烈的不安，無論是老年人還是年輕人都不完全信任政府，不敢亂花錢，也不願意負債。很多年輕人認為不需要車、房，不需要結婚，不想生孩子，就想一個人自由自在地生活。

國民不消費，經濟就會逐漸惡化。2008 年金融危機後，日本通縮就在加劇，日本 GDP 從巔峰時期的全球經濟總量佔比 15%，萎縮到只佔 4%。為了刺激消費，這些年日本一直採取超寬鬆貨幣政策，並且每年都會設置一個提升通脹率的目標。

但日本刺激消費太難了。2020 年以來，同樣是貨幣寬鬆政策，美國個人消費支出增加了 10%，而日本個人消費支出卻下滑了 5%。儘管日本 2022 年 8 月 CPI 同比上漲 3% 創下了新高，但剔除能源和生鮮食品後，日本 CPI 上漲只有 1.6%，仍然低於日本央行 2% 的通脹目標。這是日本面臨的現狀，其他國家都擔心踩油門踩過頭，日本雖然也在不斷踩油門，但車子就是開不起來。

美國踩剎車了，日本繼續踩油門，後果是甚麼？那就是日元兌美元大幅貶值，使日本名義 GDP 縮水。日本央行一直堅持負利率，截至 2022 年 9 月，日本家庭手握着超過 1 000 萬億日元的閒置資產，準備轉移至海外。

除了資金出逃，日本進口商品的成本大增。日本能源和糧食比較依賴進口，截至 2022 年 12 月 27 日，其國內糧食自給率為 38% 左右，不過日本在大米、蔬菜、乳油蛋奶等口糧方面的自給率較高，糧食進口主要是給畜牧家禽吃，或者用於工業消耗，因此進口價格上漲影響相對較小。但在能源方面，截至 2021 年 3 月的 2020 年財務，日本能源自給率僅為 11.2%。1998 年，日本 95.2% 的煤炭、99.7% 的石油、96.4% 的天然氣，以及 100% 的鐵礦石都依賴進口。日元走低會使進口能源的價格上漲，上游企業的日子更加艱難，經過價格傳導，電價、燃

氣費、油價等最終會被推高，日本百姓的生活成本也會增加。

日元貶值還會影響日元的國際地位。2022 年 1 月，日元在國際支付中的佔比是 2.79%，僅次於美元、歐元、英鎊和人民幣，位居世界第五。在日元持續走弱的情況下，還有多少國家敢儲備日元？

日本經濟是踩剎車還是踩油門，這對日本政府來說是兩難選擇。以前日本經濟不增長，表現為通縮，如今表現為通脹，但日本經濟仍然不增長。2022 年 10 月，日本央行將利率維持在 -0.1%，外界推測日本央行短期內仍然不會加息，面對美國來勢洶洶的加息週期，日本還能撐多久？

英國金融大地震

2022 年 9 月底，英國股市、債券市場、外匯市場都在暴跌。為何英國會出現金融大地震？

一般來說，政府管理一國金融需要兩個部門：一是財政部，二是中央銀行。財政部負責財政政策，中央銀行負責貨幣政策，國家通過這兩個部門來調控宏觀經濟。可英國這兩個部門出的招兒相互矛盾，左手打右手，導致英國金融大地震。

首先，2022 年 9 月英國財政部宣佈大規模減稅計劃，包括給富人減稅，從 45% 降到 40%，並用 450 億英鎊刺激經濟。這輪減稅是英國自 1972 年以來最激進的減稅方案，但財政部只公佈了減稅方案，沒有公佈相應的減少財政支出的計劃，人們認為政府要借債了。人們最擔心的是政府大規模刺激會加大政府的債務風險，所以英國債務被拋售。

其次，英國央行 2022 年 9 月宣佈加息到 2.25%，想降低通脹率。英國 7 月通脹率達到 10.2%，大大高於美國的通脹率，英國央行開始大幅加息，但加息對經濟增長和股市都有一定的壓力，導致英國股市暴跌。

英國財政部認為，經濟遇冷需要減稅；而英國央行認為，通脹控制不住需要加息。英國一腳踩油門，一腳踩剎車，於是出現了股市跌、債券市場跌、外匯市場跌的三跌局面，人們擔心英國經濟會崩潰。

英國央行用加息控制通脹，財政部用減稅刺激經濟，這兩劑藥都不能解決問題，還有可能導致「滯脹」（經濟停滯，通貨膨脹）。這讓英國人產生巨大的不確定性，也讓世人大跌眼鏡。國際貨幣基金組織甚至呼籲，英國政府應該好好考慮一下，減稅政策是否合適。

英國政策出台的結果是，給富人減稅 5% 不起任何作用，

因為富人不缺錢花。真正需要花錢的是普通百姓，他們才是消費的主力軍。英國央行加息後，普通百姓就不去貸款，不去投資，也不去消費了，經濟陷入衰退。

有人問，美國大力度加息怎麼就沒事？因為英國和美國情況不一樣，美國沒有能源危機，但英國有。由於北溪一號和北溪二號天然氣管道被炸，歐洲天然氣價格暴漲，能源價格控制不住，普通百姓取暖和用電的價格都漲了，這讓英國人沒錢取暖和用電。

物價猛漲，英國人要求漲工資。包括大貨車司機、公交車司機、地鐵員工等各類人群都抗議通脹，不漲工資就不去上班，於是英國亂套了，政府出招兒卻讓金融陷入困境。原來只是一個生活成本的危機，現在演變成一場政府的債務危機。

一國政府治理經濟的思路是：經濟熱了踩剎車，加息；經濟冷了踩油門，降稅。可英國貨幣政策收緊，財政政策放鬆，要減稅借債。因為不知道政府借債的錢怎麼還，誰還敢持有國債！大家都拋售國債，債券市場跌聲一片。股市看到央行加息，都在拋股票，導致股市暴跌。當人們對股市失去信心，對債券市場失去信心，對手中的英鎊也失去信心時，英鎊就暴跌了，英鎊匯率已跌到快跟美元持平了，即 1 英鎊兌換 1 美元。英國金融未來走勢如何，英國人怎樣過寒冬，讓我們拭目以待。

持續加息，美國還能撐多久

2022 年以來，美國已經連續 6 次加息，累計加息已達 375 個基點，利率從 0~0.25% 加到了 3.75%~4%。每次加息都有一部分錢回流銀行，為了降低通脹率。2022 年 9 月，美國的通脹率同比達到 8.2%，距離美聯儲 2% 的目標還差很遠，所以不少人預測，美國加息還會持續一年以上甚至兩年。

儘管美聯儲的願望很美好，但如果一直加息，美國經濟會出大問題。

第一，股市有崩盤的風險。銀行利率一旦走高，股市的錢就會跑去銀行。資本是逐利的，哪裡的收益高就去哪裡，所以每次加息美股都應聲大跌。股市是美國經濟的晴雨表，各行各業的龍頭企業都在美股，如蘋果、特斯拉、網飛、美國航空、美國鋁業等。據報道，從 2022 年 8 月 16 日至 9 月 25 日，僅一個多月美股就蒸發了 8.8 萬億美元。截至 2021 年 12 月，美股總市值約 61 萬億美元。如果美股再下跌 20%，美國經濟還撐得住嗎？

第二，美債債息的償還。美債 2022 年 10 月突破了 31 萬億美元，其中，國內債務佔 3/4，外債佔 1/4。美國如果繼續

加息，國內投資者的錢就會繼續回流銀行，不再買國債。而國外投資者也因為擔心違約風險，會減持美債。美國加息力度越大，美國政府手裡就越沒錢，手裡越沒錢，違約風險就越大。因此，美國會陷入借錢借不到，印錢不敢印的尷尬境地。

況且，美國 31 萬億美元的債務，每年是要支付利息的。利率漲債息也得漲，如果美國把利率加到 5%，美債債息也漲到 5%，僅美債一年償還的利息就是 1.55 萬億美元，相當於美國一年財政收入的 1/3。美國財政哪有那麼多錢支付巨額的債息？

據美國國會預算，2023 財年，美國政府預計財政收入 4.64 萬億美元，財政支出 5.79 萬億美元，財政赤字大概為 1.15 萬億美元，這些錢從哪兒借呢？一邊是要支付債息 1.55 萬億美元，一邊是財政赤字 1.15 萬億美元，兩者合計 2.7 萬億美元，折合人民幣近 20 萬億元，這是一筆多麼大的虧空。這都是美國加息帶來的後果。

第三，加息還會影響就業率。銀行提升利率是存貸款利率一塊提升，否則銀行無法經營。美聯儲一加息，企業貸款和個人貸款就會變貴，投資和消費的積極性就會減弱。企業一旦減少投資，就會降薪裁員，導致工人失業，失業的人一多，就會進一步抑制消費。市場消費減少，企業更加難以為繼，美國經

濟就會面臨衰退。

儘管從 2022 年 9 月美國失業率數據來看，3.5% 不算很高，但其中有滯後效應，隨着美聯儲持續加息，失業率必將上升。

綜上所述，股市、債券市場、失業率是擺在美國加息面前的三大難題。2022 年之後，美國再加息就得好好掂量一下了。

強勢的美元為甚麼割不動中國

為何美國一加息，其他國家就得被迫加息？原因是，如果各國不加息，本國資本會外逃。資本是逐利的，哪裡利息高就去哪裡。美聯儲每次加息，都像磁鐵一樣把世界各地的熱錢吸往美國，這種被稱作美元潮汐的收割環節，對別國就是一場噩夢。

但為甚麼我國沒有跟着美國加息，卻在降息呢？我國為甚麼不擔心資本外逃？因為我國對資本有嚴格的外匯管制。拿個人來說，每人一年最多只能兌換 5 萬美元，超出 5 萬美元需要向銀行提交相關證明。如果用作出國旅遊、出國看病、給孩子交學費等經常項目，提交相關證明就可以繼續兌換，但如果去投資理財、買房等，就會受到嚴格管制，為的就是防止資金

外逃。

為何其他國家不這麼做？因為「資本自由流動」、「獨立的貨幣政策」和「匯率的穩定性」，只能三選二，這是一個重要的經濟學概念，被稱作「蒙代爾不可能三角」。

比如中國，現階段選擇了「獨立的貨幣政策」和「匯率的穩定性」。

首先，獨立的貨幣政策是指可以根據自己的想法調節貨幣，比如印鈔、加息和降息等。央行通過降息提升就業率，通過加息降低通脹。所以擁有獨立的貨幣政策對一個國家，尤其是大國而言非常重要，這意味着把經濟命脈把控在自己手裡。

其次，匯率的穩定性也很重要，如果匯率波動過大，本國貨幣就會失去信譽，別人不願意儲存你的貨幣，在國際上就很難做生意，更別說讓本國貨幣國際化了，所以我國需要匯率的穩定性。

但捨棄了資本的自由流動，不讓資金自由進出，實行嚴格管制，代價是外資也不那麼願意進來了，因為進來容易出去難，這在一定程度上會降低我國金融市場的投資吸引力。相比之下，我國既不能被美元牽着鼻子走，也不能讓人民幣的信譽受損，只能捨棄資本的自由流動。

在 1997 年亞洲金融危機中，很多東南亞國家因為市場投

資熱，選擇了資本的自由流動和獨立的貨幣政策，放棄了匯率穩定，結果在美元的加息週期中，這些國家難以遏止匯率的暴跌，讓國際大鱷們賺得盆滿缽滿。

現在美國加息，很多國家被迫跟進，因為這些國家在匯率和貿易結算上和美元聯繫緊密，手持美元比較多，如果管制外匯，會對資金進出造成阻礙，不利於經濟發展，所以這些國家更傾向於讓資本自由流動，其代價是美國加息，它們就只能跟上，否則本國資本就會出逃。

在另外兩項中，除了個別經濟薄弱的小國和地區，大多數國家都會選擇貨幣政策的獨立性。比如英國、日本、韓國和一些歐元區國家，它們普遍面臨着高通脹等問題，需要自己調節經濟，因此也接受了相對浮動的利率，這就是 2022 年以來英鎊、日元、韓元、歐元兌美元一路大跌的原因。

儘管現階段我國為了匯率穩定，捨棄了部分外資。但選擇的背後既體現了我國對人民幣國際化的堅定信心，也體現了我國對金融市場長期向好的堅定信心。未來人民幣走強是大勢所趨，中國金融市場壯大也是大勢所趨。所以，當下的外匯管制從長遠看並不會影響中國市場的投資吸引力。

第 4 章

人民幣和美元，誰會贏

人民幣國際化，對普通人的影響

近年來，我國經濟發展保持較強的增長勢頭，人民幣作為國際貨幣的地位，以令人驚歎的速度不斷上升。有報告顯示，人民幣使用程度超過日元和英鎊，成為第三大國際貨幣，截至2020年底，人民幣國際化指數同比增長了54.2%。

人民幣國際化指數同比為何大幅增長

首先，人民幣在國際結算和定價中的地位不斷趨於穩定。統計顯示，2020年以人民幣結算的國際貿易份額是2.91%，比2019年增長18.4%。例如，伊朗作為石油出口大國，以人民幣替換美元在其石油出口中的結算地位，為人民幣做了背書，人民幣在國際上的影響力越來越大。其次，很多國家的投資者都看好人民幣的潛力，美債規模越滾越大，但人民幣始終

相對穩定。數據表明，投資者用人民幣直接投資規模高達 3.81 萬億元，比 2021 年同期增長 37.05%。最後，人民幣作為外匯的國際儲備能力有所增強。全球有近 1/3 的國家打算將人民幣納入國家儲備貨幣行列。

人民幣為何要國際化

中國人如果出國旅遊、購物、留學，帶美元、歐元、英鎊、澳元都可以，但不可以帶人民幣，因為人民幣不是國際貨幣，其他國不使用。所以在出國時，要把人民幣換成其他國際貨幣。過去出國的人不多，現在進出口企業越來越多，出國讀書、旅遊、購物的人也越來越多，這時人民幣國際化就非常重要了。

人民幣國際化對普通人有何影響

人民幣國際化方便了投資，投資渠道和種類的豐富，有助於將風險最小化和利潤最大化，幫助企業降低匯率成本，節省時間。據中國人民銀行調查，企業使用美元等外幣的綜合成本，比使用人民幣的綜合成本高出約 3%。因此，人民幣國際化將有助於企業降低成本，提高中國產品的全球競爭力。

人民幣國際化正在路上。暢想一下，以後只帶人民幣就可以周遊世界了。那時人民幣已成為國際貨幣，無論走到哪兒，

人民幣都可以作為支付貨幣。中國在走向強國的過程中，人民幣必將強大起來。未來世界貨幣格局將是三分天下：美元、歐元、人民幣。我們有理由相信，人民幣會在世界貨幣格局中佔一席之地。

石油人民幣悄悄上路

多年後回頭看，美元石油格局真正崩塌，重要的里程碑就是 2022 年底中國與沙特的會面。兩國發表聯合聲明，中方把發展對沙特的關係置於外交全局尤其是中東外交的優先位置，同樣處於中國外交優先位置的國家還有俄羅斯。

中國為甚麼把沙特放在如此重要的位置上呢？

因為沙特是 OPEC（石油輸出國組織，簡稱歐佩克）的領頭羊，也是中東地區的老大哥，中國和沙特關係升溫是人民幣佈局中千里之行的重要一步。這次兩國政府和企業達成 40 餘份合作協議或意向，是兩國需求高度互補的結果。

沙特有「2030 願景」，中國有「一帶一路」倡議；沙特是世界上最大的石油出口國之一，中國有龐大的工業體系需要能源供應；沙特想要減少對石油產業的依賴，未來要發展成為國

際貿易、旅遊和投資中心，而中國在這些方面能夠為沙特提供轉型支持；更重要的是，如今沙特石油最大的買家已由美國變成了中國，中國從沙特進口的原油量高達 27%，超過歐美國家整體進口量。

20 世紀 70 年代，沙特接受了美國對其政權和地位的保護，代價是答應用美元結算石油並大量購入美債。沒多久，在沙特的遊說下，所有 OPEC 組織成員國都同意用美元定價並出售石油，也就是說，所有石油進口國想要買 OPEC 石油，都必須用美元，如此一來，美國就把美元與世界貿易緊密地結合在一起，美元霸權就此確立了。

然而現在，美國和沙特一樣，也成了石油淨出口國，它們就從合作夥伴變成了競爭對手，至於美軍的保護就更不可能了。所以，沙特為了保護自身安全，需要重新給自己上個保險，這個保險就是中國。沙特也清楚，當今世界真正能和美國一決高下的國家只有中國。

既然如此，為何這次沒有讓石油人民幣結算直接落地，而是說在未來的 3~5 年內開展油氣貿易人民幣結算呢？

要知道，美元從前與黃金掛鈎，後來與石油掛鈎，在世界貨幣中心位置上坐了幾十年，雖然美國的一系列加息操作使得美元信任度降低，但瘦死的駱駝比馬大，美元還是當前世界貿

易的主要結算貨幣，當世界格局波動時，各國想的還是多持有美元。況且眼看着沙特想搞小動作，美國絕不會善罷甘休。沙特也很清楚，自己與中國的關係還不夠深厚，所以選擇在 3~5 年這樣一個長週期中給人民幣開個小口子，作為對美國的試探，也作為對中國這個夥伴的考驗。

用人民幣買俄羅斯天然氣

中俄雙方簽署協議，從 2022 年 9 月起中國採購俄羅斯天然氣將改用人民幣和盧布支付，不再使用美元。付款額將在盧布和人民幣之間平均分配，也就是各佔 50%。

這意味着全球用人民幣結算能源類商品又向前邁出了一小步，在這之前，在俄羅斯的石油和煤炭出口中，中國都已改用人民幣來支付，對俄羅斯的「去美元化」來說，這是前進了一大步。

我國能源結構是富煤少油缺氣，2021 年我國進口天然氣 1 680 億立方米，其中，管道進口量 591 億立方米，約佔整體的 35%。俄羅斯是我國第二大管道天然氣供應國。這次雙方簽署的是中俄東線天然氣管道長期銷售合同的補充協議。中

俄東線天然氣管道從 2019 年底開始對我國供應天然氣，2022 年沿該管道的出口量達 155 億立方米，到 2025 年將達到 380 億立方米的設計年供氣量。2022 年 9 月，中俄簽署了第二份天然氣長期供應合同《中俄東線天然氣購銷協議》，項目實施後，總供應量將達到每年 480 億立方米，未來我國 2/3 的管道進口天然氣來自俄羅斯。這些進口若用人民幣結算，人民幣儲備規模將不斷提升，推動人民幣需求增加。另外，隨着 2022 年美元的大幅加息，以美元計價的大宗商品更貴了，用人民幣結算對我國更有利。

從 2022 年初俄烏衝突爆發以來，俄羅斯受到西方國家的全面制裁，約 3 000 億美元的黃金和外匯儲備被凍結。目前在俄羅斯國內，用美元、歐元可以兌換盧布，但很難用盧布兌換美元、歐元。在國際上，西方國家與俄羅斯的很多貿易都中斷了，面對內外交困的局面，俄羅斯只能捨棄美元和歐元的國際結算，選擇國際第三大外匯儲備貨幣人民幣進行交易。中俄能源交易量大且穩定，無疑是最好的突破口。對俄羅斯來說，在中國、印度和土耳其等國家的貨幣中，人民幣的匯率顯然更加穩定，對俄羅斯更有利，它可以藉此繼續推進「去美元化」進程。

當前，俄羅斯等國更多地減少使用美元，對人民幣有更

多需求和信心，對人民幣國際化是一件好事，但我們也要清楚地意識到，人民幣真正國際化任重而道遠。2022 年二季度美元在全球外匯儲備中的佔比仍在 55% 以上，人民幣佔比接近 3%。用人民幣買俄羅斯天然氣，這是人民幣國際化的重要一步。

各國為何去美元化

甚麼是美元化

各國在做貿易時，如果都用本幣結算，某國一旦發生通貨膨脹，貨幣貶值了怎麼辦？於是世界以美元為結算貨幣的體系誕生了，主要表現為石油美元。

先來說石油美元的由來。沙特是一個產油國，在世界產油國中的地位舉足輕重，截至 2021 年底，沙特已探明石油儲量佔全球已探明石油儲量的 17.3%，當年沙特國王一跺腳全世界都會顫抖。1974 年 8 月，沙特和美國秘密簽署了一份協議，叫做「不可動搖協議」，沙特同意把美元作為出口石油唯一的定價貨幣，其他國家想買沙特的石油只能用美元結算。美國承諾保護沙特的安全，沙特使用美元結算石油，石油美元就這樣

誕生了。它的作用是讓美元站穩世界貨幣的地位。無論哪個國家想進口石油，都要用美元結算，於是各國對美元和美國國債就有了巨大的需求。各國外匯儲備大部分都是美元，美元藉此登上霸主位置。但是現在，美元的霸主地位有點兒不保了，因為美國制裁俄羅斯，俄羅斯帶頭去美元化。現在各國都在去美元化。美國也擔心，這樣下去美元一幣獨大的地位將不保。

俄羅斯去美元化

一是減少美元作為本國的外匯儲備，二是在進行國際貿易時不用美元結算，用本幣或其他貨幣結算，這樣做的結果就是去美元化。2022 年 3 月初，美國把俄羅斯踢出了國際資金清算系統，不讓俄羅斯使用美元和歐元的清算系統。但沒想到，美國失算了。俄羅斯公佈，買其石油和天然氣用盧布結算。如果買石油、天然氣用盧布結算，繞開美元也可以做國際貿易，那就會削弱美元的地位。

其實，俄羅斯早就對美國持有戒心，它不斷減持美國國債，還把美元外匯儲備變成了黃金。美國制裁俄羅斯讓世人看明白了一件事，哪國不聽美國的話，美國就讓該國在經濟和金融上受到制裁，這個世界美國說了算，美元是霸主。

各國開始去美元化

美國凍結俄羅斯海外資產後，各國產生了擔憂，如果自己國家哪一天和美國交惡，本國外匯儲備也被美國沒收了怎麼辦？印度央行行長曾表示，如果美國把對俄羅斯的制裁用在印度身上，印度的金融秩序就會崩潰。

美國過去攻打伊拉克、阿富汗，制裁伊朗，屢屢得手，但這次碰上了硬骨頭。俄羅斯是能源大國，它掐住了歐洲能源的「咽喉」，歐洲用盧布買天然氣對美元提出了挑戰，表明離開美元也可以做國際貿易，這讓各國看到打破美元霸權的希望。實際上，不僅僅是俄羅斯，伊朗、阿富汗等國也有過類似的遭遇。美國為了自身利益沒有底線。未來會有不少國家將外匯儲備多元化，不把雞蛋都放在美元這個籃子裡。

如果俄羅斯的糧食貿易也用盧布結算，中東賣石油也不用美元了，各國在做貿易時都繞過美元直接用本國貨幣結算，那就會產生區域貨幣。比如，印度買俄羅斯的石油，用盧比和盧布結算，中國和俄羅斯做貿易用人民幣結算，中東國家賣石油用人民幣結算，這樣一來，美元的國際霸權地位就會遭到巨大挑戰。如果美元信譽不在，一切就都不在了。

人民幣何去何從

各國都在去美元化，我國也不能拿着那麼多美元作為外匯儲備。一旦美國和我國關係惡化，凍結了我國外匯儲備怎麼辦？我國買的美國國債，它不還了怎麼辦？它扣押中國的黃金怎麼辦？這些我們都不能不防。早在 2008 年美國「放水」後，我國就加大了購買黃金的進程。

近年來，我國和俄羅斯努力建設獨立的支付系統，為的就是繞開美國制裁給雙方帶來的損失。現在各國都在積極建立獨立的結算體系，為的就是在美國揮舞制裁大棒時，可以有更多的選擇。

如果各國都拋出一部分美元外匯儲備，買進其他國家的貨幣作為外匯儲備，它們就有可能以歐元、人民幣作為外匯儲備，其中人民幣的機會最大。因為中國經濟穩定且規模大。人民幣在 2016 年已經成為國際儲備貨幣，進入世界貨幣的前三名，即美元、歐元、人民幣。現在看，人民幣極有可能超越歐元，變成與美元競爭的世界第二大貨幣。人民幣的國際化提速了。

美元霸主地位一旦不保，人民幣的機會就來了。拿着人民幣可以避險，還可以投資升值。當然，目前美元在全球貨幣支付中的佔比仍然較大，美元霸權的衰落需要時間，人民幣國際

化也需要過程。但各國去美元化已成趨勢，人民幣國際化的機會正在到來。

美日意法德，會欠債不還嗎

欠中國錢最多的國家有哪些？首先是美國，之後是日本、意大利、法國和德國，前五名都是發達國家。在人們的印象中，這些國家如此富有，為甚麼還要找中國借錢？並且在 2020 年，光美國就欠我國 1.06 萬億美元的國債，這些錢我國拿來幹甚麼不好，為甚麼要借給它們？

其實，就跟人與人一樣，國與國之間的借債現象也非常普遍。一國經濟發達，並不等於政府有錢。拿美國來說，其 GDP 雖然很高，但它在軍事、科技、醫療等方面的支出也很大。因為高昂的財政赤字，美國政府甚至被調侃為世界上最窮的政府。

一國政府如果沒錢了，通常有兩種解決方案，一是開動印鈔機，二是發行債券。印鈔機不能經常開，否則會引起通貨膨脹，擾亂市場，所以發行國債是政府願意選擇的一種「融資方式」。國債本國人能買，別國也能買，一國一旦買了另一國的國債，就等於借錢給了那個國家。

過去，我國作為「世界工廠」，在國際貿易中儲備了不少外匯，這些外匯儲備的一部分我們用來買入別國國債。之所以買入，是因為其中既有財富的考量，也有政治的考量。

凡是借貸都有利息，以美國 10 年期國債來說，收益率大概在 1.6% 到 3% 之間浮動，這意味着我們借給美國 1 萬億美元，每年能獲得一兩百億美元的利息。這在全球來看，收益率都是可觀的。

此外，還有政治博弈。美元是世界貨幣，在國際貿易中廣泛流通，我們把錢借給美國，就成了美國的一大債主。這在一定程度上能鉗制美國。在必要時，我們可以拋售美債，動搖世界對美元的信心，撼動美國金融霸主的地位。

俗話說，「借債還錢，天經地義」，有沒有可能我們借出去的外債被賴掉呢？比如，斯里蘭卡就因還不起外債宣告破產了。歷史上還有阿根廷、希臘等國家都因巨額債務當過老賴，踏入破產的漩渦。

從技術層面講，還不上錢可以用國內資產抵債，如國有企業的股份、礦區、港口、高速公路等公共設施。比如，斯里蘭卡就曾向中國借了大量外債，最終因無力償還只能用租借港口的方式抵債。當然，這是無奈之舉。更為普遍的做法是「借新還舊」，通過借新債務還舊債務，本質上是寬限日期，待經濟

形勢好轉了，財政收入提高了，再來還債。

從經濟角度講，任何一個國家都不會故意欠債不還，因為對一個國家來說，比「經濟破產」嚴重 100 倍的是「信譽破產」。信譽一旦破產，該國就彷彿成了一座孤島，很難在國際上做生意，更別說再借錢了。

對大國來說更是如此，逃避一次債務帶來的利益遠遠覆蓋不了長期借不到錢帶來的損失。我們借債最多的這幾個國家，如美國、日本、意大利、法國、德國，都是國際上有頭有臉的經濟大國，相較於經濟小國，經濟大國的無形資產價值更高，當老賴的概率更小。所以從這一點上來說，我們大可放心。

美國能印錢，為何仍負債 30 萬億美元

每個國家都能印錢，但為何很多國家寧願借錢，也不願自己印錢？

因為貨幣多少是由供求決定的。甚麼時候貨幣供不應求了，就該增加貨幣了。比如，一國生產力進步了，火柴變打火機，馬車變汽車，以前那些貨幣不足以給這些商品定價了，這時貨幣需求就多了，政府就得多印貨幣，重新讓貨幣的供給等

於需求。反之，如果商品還是那些商品，光顧着印鈔，就會讓貨幣貶值。所以，沒有一個國家是靠印鈔變富的，最終靠的還是生產力，貨幣本是一張紙，它是用來匹配生產力的。

一國如果為印鈔而印鈔，當生產力跟不上貨幣的增發速度時，就會發生通貨膨脹、物價飆升。設想一下，火柴一旦變成5元一盒，就會嚴重影響老百姓對本國貨幣的信心，這時人們會搶着去銀行兌換外匯，銀行一旦產生擠兌，金融體系就崩潰了，事情要是發展到這一步，治理起來就會非常麻煩。

所以在現實中，在生產力沒有顯著提升的情況下，沒有哪個國家敢大肆印鈔，即便經濟形勢不好缺錢了，很多時候也是先舉債度日，等經濟形勢好了再還。

有人可能會問，其他國家這樣做可以理解，但美國印鈔讓全世界為它買單，美國為甚麼還要借錢？美國負債高達30萬億美元，其中外債佔大概1/4，如果哪天美國耍賴，它是否可以印出30萬億美元來抵債呢？

首先，美元作為世界貨幣，在一定程度上的確可以讓全世界替它買單。就像新冠病毒感染疫情期間美國為了救本國企業多次印鈔放水一樣，全球各國為了緊跟美元匯率只能印鈔，否則就會影響出口，還有被資本做空的風險。在這個過程中，美元先放水，美國百姓可以先拿到錢，在一段時間內，他們可以

隨便購買全世界的商品，獲得了額外的購買力。所以短期看，美國佔盡了好處。

但這個過程能持續嗎？答案是不能。首先，大水漫灌也會灌給自己，美國國內很快就會發生嚴重的通脹，生產力沒有提升，大量流通的貨幣一邊會推高物價，一邊會讓老百姓的口袋縮水。

更嚴重的是，美國如果繼續大肆印鈔，其他國家忍無可忍，就會拋售手裡的美元，與其拚個兩敗俱傷。說到底，美元代表的是作為世界頭號經濟大國的信用。所以理論上，如果真有一天世界各國一起反對，美元的信用就會瓦解，美元的霸主地位真有可能不保。

所以美國也很清楚這一點，一定程度上，美國的確擁有向全世界轉嫁通脹的特權，但這個水龍頭必須有節制，不能老開，該借債的時候還得借債，為經濟復甦騰出時間。

當然，從技術層面講，美國政府缺錢了，想印鈔也不是那麼容易。因為印鈔的是美聯儲，貨幣政策歸它管，而美國財政部只能發債或徵稅。一國中央銀行之所以要保持相對的獨立性，就是為了管住政府的手，否則就像把手機和支付密碼同時交到熊孩子的手裡，他們很容易把錢花光。

目前，美國是全世界債務規模最高的國家，其中外債規模近 8 萬億美元，相當於本國 GDP 的 1/3。至於它會不會有一

天突然狂印 8 萬億美元抹平債務，幾乎是不可能的，這就等於
向全世界宣戰，除非美國再也不想跟地球上的任何一個國家進
行經濟往來。

我國為何拋美債買黃金

據美國財政部報告，截至 2022 年 2 月，中國連續 3 個月
共減持美債 261 億美元，中國央行持有美債還有 1.05 萬億美
元。另據中國海關的數據，2022 年 1 月至 2 月，中國進口黃
金 180 噸。3 月約有 200 噸黃金運抵中國。我國為何減持美債
而買進黃金？要解答這個問題，首先需要了解幾個概念。

甚麼是外匯儲備

人們買東西需要儲備錢，儲備人民幣就可以了。但要買國
外的東西，就需要外國貨幣，把外國貨幣存起來，就叫外匯儲
備。我國要和別國進行貿易，需要用貨幣來支付，就有了外匯
儲備。外匯儲備可以是各國貨幣，主要有美元、歐元、英鎊、
日元等，在我國約 3.1 萬億美元的外匯儲備中，2/3 是美元和
歐元，約 1/3 是美債，還有一部分是黃金。

我國為何要買美債

我國外匯儲備為甚麼買了那麼多美債？因為過去美元很值錢，所以我國外匯儲備大部分是美元。但外匯儲備放在美元上沒有多少利息，於是買了美債，一來保險，二來美債利息高達3%。例如有1萬億美元的美債，僅債息就300億美元，美債能帶來收益，所以我國買了美債。

為何現在賣美債

自從2008年金融危機爆發以來，美國央行大量印鈔，我國覺得不妥，於是賣掉一部分美元買進歐元，並開始買進黃金作為外匯儲備。中國原來是美債的最大買家，這幾年日本追了上來，截至2021年1月底，我國有約1.1萬億美元的美債，日本有約1.3萬億美元的美債。中國連續減持美債到1.05萬億美元的水平，儘管如此，中國仍然是美債第二大持有國。

2022年，國際上出現了拋售美債的一輪小高潮。俄烏衝突爆發後，十年期美債收益率提高，意味着美債價格的降低，各國拋出美債意願大於買進的意願。美債規模已達31萬億美元，超過美國GDP總量。扣除美國通脹率，美債收益率已是負值，也就是收益率倒掛，儘管美債收益率漲到了3%，但美國通脹率接近9%，當把美債換回美元時，投資者還是虧的。

既然如此，還有誰願意持有美債呢？

我國為何拋出美債買黃金

我國曾連續三個月不斷拋出美債達 261 億美元，為甚麼這樣做？對此，世界黃金協會在 2022 年 4 月 16 日的公佈報告中為我們做出了最好的解釋。美國把美元作為制裁工具，這讓全球的美債買家望而卻步，都在尋求外匯儲備資產的多樣化，減少對美元的依賴。此時，黃金避風港的作用出現了。其中，土耳其和印度是最主要的黃金買家，新加坡和愛爾蘭也購買了黃金，而且超過 21% 的央行計劃在未來一年內繼續增持黃金。

在 2008 年之前，我國僅有 500 多噸黃金儲備，之後逐漸買入黃金，到 2022 年初已達 1 948 噸黃金。2021 年的進口量更是高達 818 噸，比 2020 年增長了 120 多噸。這意味着從 2021 年初至 2022 年 2 月底，僅官方渠道公佈的數據就顯示，共有 998 噸黃金運抵中國市場。

為何各國把黃金都放在美國金庫裡

這要說到歷史了，自從二戰後，1944 年布雷頓森林體系建立，各國陸續把一部分或大部分黃金儲備放在美國，因為美元和黃金掛鈎，各國貨幣和美元掛鈎，這樣做是為了確保美元

和黃金比值的穩定。1971 年美元和黃金脫鈎了，但各國黃金還存在那裡，已經形成習慣。

據美聯儲報告，截至 2022 年 4 月，美聯儲替全球央行保管的黃金數量已經跌至 5 738.15 噸的新低。這表明，全球多個央行已從美聯儲運出了累計約 1 261 噸的黃金。據美媒報道，法國已經秘密遣返了所有貨幣黃金。

多國央行把黃金運回國內，是因為對美國不放心。例如，德國早在 2012 年就宣佈要運回全部黃金。德國央行此前在運回部分黃金時，發現運回的部分金條並不是 20 世紀 40 年代寄存的金條。因此有一種說法，美聯儲或許早已將寄存者的黃金調包、挪用，甚至私吞了。不過，私吞的可能性並不大，因為全球央行寄存在美聯儲等海外金庫中的黃金，所有權非常清晰，任何時候美聯儲都無權阻止寄存者取走自己的黃金。可眼下俄羅斯就是一個活生生的例子。美國把俄羅斯的黃金儲備凍結了。現在世界各國不再相信美國，也不再相信美債，各國已形成了共識。

截至 2020 年 4 月末，我國共有黃金 1 948 噸，但中國存在美聯儲地下金庫的僅 600 噸，佔我國黃金儲備的近 1/3，存在那兒是為了用於國際支付。中國現在一邊拋出美債買進黃金，一邊把寄存在美國的黃金運回國內，這樣做就是為了防範

美國哪一天不講信用會賴賬，對美國我們不得不防。

多國從美國運回黃金

黃金歷來是人們關心的話題，也是各國外匯儲備中的一部分。近年來，多國都宣佈，要從美國運黃金回國，都在增加黃金儲備。2022 年 3 月 28 日，世界黃金協會發佈的報告顯示，2022 年 1 月底，全球官方黃金儲備 3.55 萬噸，達到近 30 年來的最高水平。我們來看看黃金儲備的世界排名（2021 年 12 月 31 日黃金儲備排名）。

第一名是美國。黃金儲備 8 133 噸，總價值合 4 700 多億美元，佔美國外匯儲備總額的 66.28%。餘下 2 400 多億美元的外匯儲備為歐元。為了便於結算，從 1944 年起，美聯儲設置在美國金庫中堆滿全世界 90%~95% 的官方黃金儲備。儘管從 1971 年起美元和黃金脫鈎了，50 年過去了，美國黃金儲備依然排名第一。

第二名是德國。黃金儲備為 3 359 噸，總價值約 1 950.3 億美元，佔其外匯儲備總額的 66.29%，德國比美國黃金的佔比還高。作為二戰的戰敗國，德國為甚麼有這麼多的黃金儲

備？原因是德國是歐元區的核心國，它的貨幣外匯儲備只需要囤一些美元，它可以拿歐元換黃金。由此可見，德國對黃金儲備非常重視。

第三名是意大利，2 451 噸；第四名是法國，2 436 噸；第五名是俄羅斯，2 242 噸；中國位居世界第六，1 948 噸。美國是我國的 4 倍多。

多國為何運黃金回國

近年來，出現了一種現象，很多國家運黃金回國，不放在美國了。包括德國、荷蘭、比利時、瑞士、委內瑞拉、匈牙利、斯洛伐克、意大利、羅馬尼亞、俄羅斯、奧地利、澳大利亞和法國，它們先後運回或宣佈要從美國運回黃金。土耳其宣佈將儲存在美國的所有黃金運回本國，成為從美國運回黃金的第 14 個國家。波蘭央行也宣佈，安排機會將 123.6 噸留在英格蘭銀行和美聯儲的黃金全部運回，成為第 15 個要運回黃金的國家。這些國家為何都要把黃金運回本國？

截至 2022 年 10 月，美國國債總額突破 31 萬億美元，黃金放在美國已經不保險了。出於對美國和美元的不信任，各國擔心放在美國的黃金的安全性，於是都在加緊運回。

我國在黃金市場處於甚麼地位

目前，國際黃金市場仍由英美主導。但中國正逐漸從英美手中爭奪黃金的市場定價權和話語權。2019 年 12 月，中國首個場內貴金屬期權人民幣黃金期權正式交易後，成交量和定價權能力穩步上升，截至 2022 年 4 月，累計成交 365 億元，人民幣黃金定價權初步確立。

從全球看，去美元化已成為不可阻擋的趨勢。各國都在持續增持黃金，全球央行在 2021 年二季度增持 200 噸黃金，創下新高。

美國走在衰退的路上，美元霸主地位受到明顯挑戰。各國都需要黃金儲備來減少對美元的依賴。我國也在積極加大黃金儲備，這樣做就是防患於未然。

黃金怎麼不避險了

眾所周知，黃金具有避險功能，當世界經濟形勢不好的時候，金價上漲。但現在反常的一幕出現了，歐洲飽受地緣政治影響和能源危機之苦，美國通脹高企，陷入衰退的概率逐步上升，在一些國際機構下調世界經濟增長預期之際，金價卻開始

持續下跌。

自 2022 年二季度以來，金價開始下跌。以倫敦黃金現貨價為例，自 3 月 8 日金價漲至每盎司 2 070 美元高點後，持續震盪下跌。截至 7 月 18 日 15 點快跌破每盎司 1 700 美元大關了，跌幅超過 17%。

金價為何持續下跌？

第一，美元升值導致的。美國為抑制通脹，2022 年第六次加息，累計加息 375 個基點。在強烈加息的預期下，美元指數已突破 108，創 20 年來新高，黃金避險屬性下降了。美聯儲加息後，美元類資產的投資價值提高了。另外，美元和黃金雖然都有避險作用，但兩者呈負相關，當美元指數下跌時，黃金上漲；當美元指數上漲時，黃金下跌，黃金和美元對沖。美元指數創下新高，所以金價會下跌。

第二，美國宣佈對俄羅斯採取一系列制裁措施，包括禁止進口俄羅斯黃金，俄羅斯是世界上最大的黃金生產國之一。美國這樣做是為了減少俄羅斯的收入來源，但人們擔心黃金供過於求，這是金價下跌的原因之一。

在中國，自 2022 年以來，已有 6 家大型銀行暫停紙黃金在內的貴金屬交易，不允許新增開戶。各大銀行線上黃金交易業務是一種金融衍生品交易，並不是實際黃金的現貨交易，國

際金價一旦出現大的波動，最後吃虧的還是客戶。所以，銀行收緊個人貴金屬交易業務，也是釋放目前相關市場風險偏大的信號，防止客戶盲目樂觀再次遭受損失，這樣做也是為了減少銀行自身不必要的麻煩。

短期看，在全球衰退預期和各國央行加息預期強的情況下，金價存在劇烈波動的可能性，黃金的避險需求被美元升值預期取代，建議大家不要盲目抄底黃金。

人民幣和美元，誰會贏

2022 年 9 月，人民幣兌美元匯率破 7，美元這輪表現很強勢。人民幣和美元的較量接下來會如何演進？對於人民幣的貶值，利弊有哪些？

匯率究竟由甚麼決定

從短期看，匯率由購買力決定。美國加息，意味着流通的美元少了。而中國在降息，意味着流通的人民幣多了。短時間內，美元供不應求，人民幣供過於求，因此美元的購買力變強了，人民幣的購買力相對弱了，所以人民幣匯率走低。

但美國不可能長期加息，如果長期加息，美國會面臨國債償還、股市泡沫破滅，還有疫情反覆下的經濟震盪等問題，所以美元走強是暫時的。

從長期看，人民幣和美元的匯率較量由甚麼決定？答案是中美的經濟增速。一方面，誰的經濟增速快，誰對外資就更有吸引力，資本就更願意來投資，投資需要兌換本國貨幣，當本國貨幣供不應求時，便會升值。另一方面，經濟增速也影響商品出口，一國商品更有競爭力，別國就更願意兌換該國的貨幣來買該國的商品，這樣該國的貨幣就會升值。

那麼，未來是中國增速快還是美國增速快？毫無疑問是中國增速快。本輪人民幣兌美元匯率破 7 並不可怕。從長期看，人民幣的需求是有支撐的，所以匯率破 7 之後遲早會降下來。

人民幣兌美元匯率破 7 利弊有哪些

最大的「利」在於出口。比如家電、汽車、汽車部件、電子產品、紡織產品等，因為人民幣貶值，外國人買這些商品更便宜了，這在一定程度上會提升我國出口商品的競爭力。當下經濟形勢不好，投資和消費都很低迷，尤其需要出口在艱難時刻發揮作用。人民幣貶值有利於我國的旅遊業，用美元能換的人民幣多了，外國人來中國旅遊相對便宜了。

貶值也有弊端。第一，加大了我國的進口成本，像銅、鐵礦石、原油、液化天然氣的漲價，會使相關企業的利潤減少。同時會把價格傳導到生活中，比如原油價格上漲，汽油價格也跟着漲，液化天然氣價格上漲，每月的燃氣費就會跟着漲。另外，大豆、大麥、鉀肥的漲價會影響農民的收入，通過價格傳導，百姓買大豆油等商品更貴了。進口商品也會隨着人民幣的貶值更貴了。第二，人民幣貶值會增加匯兌風險，比如，我國一些航空公司和房地產公司手裡有大量的美元負債，它們需要還的錢就變多了。第三，人民幣貶值短期內會引起一些資本外逃，可能會對處於復甦階段的樓市和股市造成一定的衝擊。

匯率短期由購買力決定，長期由經濟增速決定。人民幣匯率短期震盪，長期看漲。

第 5 章

美國圍堵升級

美國為何圍堵中國

最近這幾年，美國頻頻出招兒對付中國。我們到底哪裡惹美國了，它要對中國如此下手？奧巴馬上台後，美國搞「印太戰略」；特朗普上台後，美國搞中美貿易戰；拜登上台後，美國搞「印太經濟框架」，所有目標都針對中國。我們分析一下，美國為何要圍堵中國。

美國搞印太經濟框架，是為中期選舉。無論選舉結果如何，總統都要奮力一搏。美國近期在國際上很失敗，從阿富汗撤兵，打了 20 年，花錢無數卻匆匆撤兵，留下一個爛攤子給阿富汗。

2022 年初，美國又挑起俄烏衝突，通過北約東擴激怒俄羅斯，美國派烏克蘭當代理人對付俄羅斯，本以為會把俄羅斯打倒，沒想到出師不利，還把烏克蘭搞成一個爛攤子。

烏克蘭還沒消停，美國又來對付中國。美國召開東盟會議，拉攏東盟反對中國，去韓國和日本搞印太經濟框架，讓它們和中國經濟脫鈎，搞美日印澳四方安全峰會，在軍事上圍堵中國，這些都是孤立和圍堵中國，但美國的陰謀很難得逞，因為這些國家都離不開中國產業鏈，經濟上與中國彼此需要。

　　甚麼是產業鏈？全球化使得國際分工出現，各國都成了產業鏈上的一個環節，我國在全球的產業鏈早已形成，而且門類齊全。例如，別國汽車廠想製造汽車，需要我國提供的零部件和配套產品，否則汽車就組裝不起來。現在，美國想把中國擠出全球產業鏈，不讓中國發展高端科技，美國希望和韓國合作代替中國的高科技產品，這談何容易。美國又想把中低端產業從中國轉向東南亞國家，這也不是美國說了算。經濟是一個完整的鏈條，各國分工合作才能達到效益最大化，否則各國都會吃虧，美國可能不怕，但其他國家會怕。

　　其實，美國想在經濟上和中國脫鈎，也不是一件容易的事。美國幾屆政府都想這樣做，但做不到，離開中國，美國難以獨善其身。例如，2018 年美國對我國商品加徵關稅後，從我國進口的商品價格變貴了，美國百姓不得不為此買單，導致物價高漲，通脹爆發，美國騎虎難下。

　　美國為何極力圍堵中國？中國到底影響了美國甚麼？有美

國學者比喻說：「中國人一開始搞服裝鞋帽襪子，我們沒有注意，之後又搞家電、汽車、高鐵，搞完互聯網技術又搞大飛機，緊接着搞 5G，照這樣搞下去，美國人還有飯吃嗎？」這位學者道出美國圍堵中國的真正目的，就是不讓中國在高科技領域和美國競爭。

美國人認為，中國人動了美國的蛋糕。所以它要圍堵中國，要在亞洲搞印太經濟框架，在經濟上制裁中國；搞四方峰會，在軍事上控制中國。美國曾經把日本經濟搞垮，讓日本退出和美國的競爭；美國又和蘇聯冷戰，拖垮蘇聯，剩下現在的俄羅斯。美國不想看到「老二」崛起，它就想把中國拖垮，維持美國的經濟和軍事霸權，讓中國陷入「修昔底德陷阱」。美國不肯罷休，我們也絕不示弱。

美國可以在意識形態、金融、軍事、科技上對付中國，唯獨做不到在經濟上和中國脫鈎。因為，全球化形成的產業鏈條不是想脫鈎就可以脫鈎的。美國滿世界尋找可以替代中國產業鏈的國家，眼下還沒有找到。日本行嗎？不行。韓國行嗎？也不行。在全球一體化分工中，中國佔據了絕對優勢，不可替代。

在全球產業鏈和供應鏈上，美國試圖拉開中美之間的差距。這是我國面臨的外部環境。美國在地緣政治上進一步孤立中國，在台灣問題上挑戰中國的底線，這是我們面臨的國際形勢。

發展才是硬道理，如果我們強大了，美國想惹我們也是惹不起的。因此，我們要堅定信心，眾志成城，發展壯大自己，把我國的經濟發展好。

新疆棉花惹了誰

2021 年，國外服裝品牌在中國開的店裡抵制我國新疆棉花，引起國民的強烈不滿，新疆棉花惹了誰？

它們為何和新疆棉花過不去？

世界棉花有三大生產國：中國、印度、美國。中國是世界上的產棉大國，其中新疆棉花產量佔了 80%。我國還是最大的棉花消費國。2021 年，我國棉花總產量 573.1 萬噸，總需求量 780 萬噸，缺口近 200 萬噸。而新疆生產的長絨棉是世界頂級棉花，可以做衣服和被子，暖和、透氣、舒適，供不應求。新疆被稱為中國「棉都」。一些西方服裝品牌宣佈，不再採購新疆棉花，這都是因為一條「禁令」：美國將禁止進口來自中國新疆地區的所有棉花產品。這些公司跟風，導致它們的品牌在我國電商平台紛紛下架。

同時，我國既是棉花生產大國，也是棉花進口大國。美國

禁止新疆棉花進口，但我國 2021 年前兩個月進口棉花的一半都來自美國企業。若美國抵制中國新疆棉花，就意味着我國進口美國棉花的數量也將持續減少。這樣一來誰吃虧了？美國不進口中國新疆棉花，中國也不進口美國的棉花，結果是兩敗俱傷。

中美兩國之所以做棉花貿易，依據的是比較優勢原則。新疆棉花的高檔次是美國需要的，美國生產的棉花檔次低，中國有些生產也需要。這就有了新疆棉花出口，也有了美國棉花進口。自由貿易對兩國都有好處，兩國都能從中獲益。

美國禁止進口新疆棉花，我國不進口美國棉花，這對美國棉農是一種損失。他們生產出來的棉花要賣到哪裡去？美國用政治手段解決經貿問題，這是搬起石頭砸自己的腳，它以為制裁了中國，其實也是對美國棉農的制裁。還有那些跟風的國外品牌公司，我國電商下架了其商品，它們損失慘重。我們要做的是，儘量減少新疆棉農的損失。

中美糧食戰，驚心動魄

關於「糧食危機」的話題，引發了越來越多人的關注。但

中美從 2000 年開始，就一直沒有停止過糧食戰，可謂驚心動魄。

先從大豆之爭說起。在 1995 年以前，我國一直是大豆淨出口國，佔世界市場份額的 90% 以上。看到商機後，從 1995 年到 2002 年，美國加大對本國豆農的補貼，額度高達 110 億美元，佔大豆產值的 20% 以上。換句話說，美國農場主每銷售 1 美元大豆，政府補貼至少 20 美分。與此同時，美國加大技術研發力度，在 20 世紀末，研發出轉基因大豆，其出油率從 17% 提升到 22%。不要小看了這 5% 的提升，對榨油企業來說，出油率每提升 1%，每噸利潤將提高 150 美元。依靠更低的價格和更高的出油率，美國大豆成為國際市場上的搶手貨。為了和美國大豆競爭，中國豆農不得不降價。

結果，中國豆農生產的大豆越多，賠得越多，於是越來越多的豆農放棄種植大豆，這使得我國本土大豆產量逐步收縮。2000 年，中國大豆年進口量首次突破 1 000 萬噸，成為國際上最大的大豆進口國。此後幾年，中國大豆進口額連創新高。2001 年中國加入世貿組織後，大豆進口關稅降為 3%，大豆進口大門被徹底打開。中國大豆對外依存度也從 1995 年的約 7% 上升到 2013 年的超過 80%。到 2021 年，我國需要進口大豆 9 653.7 萬噸。

在美國政府看來，糧食是最可靠的武器。只要讓外國形成對美國糧食的依賴，它就可以控制這個國家。2003年8月，美國農業部以天氣影響為由，將大豆庫存數據調整到20多年來的低點，大豆價格從2003年8月的每噸2 300元人民幣，漲到2004年4月的每噸4 400元人民幣。中國榨油企業慌了，最後以每噸4 300元人民幣的高價和美國簽下800萬噸大豆訂單。隨後美國大豆供應上市，國際大豆價格暴跌50%。很多國內榨油企業巨額虧損倒閉，此時以美國ADM為首的國際四大糧商趁機低價收購、參股中國多家大豆壓榨企業，控制了當時中國66%的大型油脂企業，控制產能達到85%。目前國內的很多知名食用油品牌，背後都有一定的外資背景。這些外資控股的油脂公司只收購外國轉基因大豆，迫使我國豆農不得不種植外國轉基因大豆。

美國在大豆之爭中大獲全勝後，又將目光轉向了我國主糧。2006年初，美國開始炒作糧食危機，聲稱這場危機將波及上億人。之後的兩年，國際小麥和玉米的價格飆升了3倍多，這一招兒嚇壞了一些糧食難以自足的國家，當年菲律賓甚至向國際銀行貸款買糧食。但中國作為反擊，2007年12月動用了國家儲備糧，每隔十天半個月就拋出500萬噸左右的糧食。外國資本立即買進，努力營造供不應求的假象。沒想到中

國越拋越多，後來變成每週拋一次，甚至一兩天拋一次，外國資本越買越心虛。此時中國媒體放出消息：中國有 1 億噸儲備糧，足夠吃一年。這讓國際資本充滿恐懼，最後終於放棄炒作，糧食價格回落，2008 年 7 月，糧食戰結束，中國大獲全勝。

2018 年 7 月 6 日，當天中國對從美國進口的 340 億美元貨物提高關稅，其中就包括大豆，主要是為了報復美國當天對中國徵收的一系列關稅。而一個月前，從美國出發的一艘名為「飛馬峰號」的滿載美國大豆的船正開足馬力趕往中國大連港，但最終沒能趕在中國加稅前抵達。一個月後，人們發現這艘船依舊在大連港附近轉圈，船長覺得在這場貿易戰中中國可能會頂不住壓力，從而取消對美國大豆徵收的高額關稅，到那時他們就可以以勝利者的姿態進入大連港。這顯然低估了中國人的決心，中國沒有取消加徵的關稅。

中國雖然在 2000 年的中美大豆之爭中失利了，但後來我國建立了穩定的大豆和豆油儲備，這也是在 2018 年中美貿易戰中，中國敢對大豆加徵關稅的原因之一。在主糧戰場上中國打了一場勝仗，這要歸功於中國糧食的自給自足，以及建立了龐大的國家儲備。2022 年，我國三大主糧稻穀、小麥和玉米，國內自給率平均約為 90%，不存在進口依賴。在當前全球糧

食麵臨危機之際，我國儲備的糧食足夠全國人民吃一年以上。糧食安全是國家安全的重要基礎，手中有糧，才能做到心中不慌，心中不慌，糧食價格才能更穩定。

我國產小麥，為何還從俄羅斯進口

2022 年以來，國際上關於糧食的問題引起了爭論，我國大部分糧食是可以自給自足的，尤其是小麥。那麼我國為何 2020 年還要從俄羅斯進口 800 萬噸小麥？

我國是世界上人口最多的國家，也是產糧最多的國家，我國每年人均糧食產量 448 千克。除了我國，俄羅斯也是糧食生產和出口大國。2021 年，我國小麥年產量 1.3 億噸左右，俄羅斯小麥年產量 7 600 萬噸左右，2021 年俄羅斯出口小麥 3 292 萬噸，佔其小麥總產量的 40% 左右，佔全球小麥出口量的 16%。

據中國海關數據，2020 年我國小麥進口量為 838 萬噸，佔了俄羅斯小麥出口的 1/4。我國進口這麼多俄羅斯的小麥，是為甚麼呢？

首先，是為了穩定國內糧價，保證農民的利益。我國小麥播種面積一直在減少，1998 年中國小麥的播種面積約 4.47 億

畝[1]，到 2008 年小麥播種面積跌到約 3.55 億畝，短短 10 年，小麥播種面積減少了 20.6%。

其次，是為了幫助俄羅斯。因為俄羅斯遭到制裁，在保證我國利益的同時，這樣做緩解了俄羅斯的壓力。

最後，俄羅斯小麥的質量更好，俄羅斯也比中國更適合種植小麥。

俄羅斯小麥的單產和總產量都不如我國，但其小麥品質更勝一籌，俄羅斯的地域條件和自然環境對種植小麥十分適合。俄羅斯有大面積的黑土地，肥沃的黑土地加上良好的種植環境，保證了其小麥的種植面積常年穩定在 2 500 萬公頃以上。

與我國農民不同，俄羅斯農民不追求小麥的總產量和單畝的產量，他們更追求小麥的品質，在農藥、施肥甚至轉基因小麥等方面，他們都十分重視並要求極為嚴格，這也是俄羅斯小麥質量高的原因之一。

俄羅斯小麥粒質硬實，有嚼勁，蛋白質含量達到近 20%，和成麵糰後富有彈性，在營養和維生素含量方面都比我國小麥有很大的提升，其小麥更是含有大量鐵元素、維生素 B_2、維生素 A 等，一般這樣的從俄羅斯進口的高質量小麥都是二級

---

① 　1 畝 ≈ 666.67 平方米。——編者注

以上的小麥。

當世界處於不安定狀態時，我國從俄羅斯進口小麥就有多重原因：一是為了保障我國的糧食安全；二是俄羅斯小麥質量好；三是和俄羅斯保持良好的貿易關係，是一舉多得的好事情。在局勢動盪下，糧食安全對一國來說非常重要。

中美新能源之爭

誰掌握了能源，誰就掌握了世界。

這就是為何美元當年和黃金脫鈎後，堅持要和石油掛鈎。因為工業化時代沒有石油是萬萬不行的。為了加強對石油的控制，從 1975 年開始，美國控制了全球的石油貿易要道，華爾街掌握着大部分原油市場交易。

中國是一個貧油國，2022 年我國原油對外依存度超過70%，每年進口石油要消耗大量外匯，還會受到美國制裁的影響。作為一個大國，能源安全掌握在別人手裡是不行的。所以，我國必須優化能源結構，降低煤炭、石油進口比例，發展新能源。在所有新能源裡，相比較而言，水電容易破壞生態，核電風險高，風電又對場地要求高，光伏發電除了有點兒貴，

幾乎是完美的，只要有太陽就能發電。

2000 年後，我國開始發展太陽能光伏產業。在 20 世紀 70 年代石油危機後，美國加大了對光伏產業的投入。1997 年 6 月，美國宣佈了「百萬太陽能屋頂計劃」，要在 2010 年之前，在 100 萬座建築物上安裝太陽能系統，徹底解決家庭的電力和供熱需求。這種先進的技術和理念讓美國的光伏產業一度風光無限。

中國光伏產業在剛起步時與美國差距很大，國內沒有任何技術優勢，還面臨國外的各種制裁，就連煉製光伏最重要的原材料多晶矽的爐子，都在國外的禁售範圍內。但中國企業沒有放棄，做不了高科技，就焊支架，組裝電池，憑藉這種看似沒有技術含量的活兒，以低成本迅速佔領了歐美市場，這讓歐美企業利益受損。於是從 2012 年起，美國聯合歐洲對中國光伏企業進行「反傾銷、反補貼」調查。這一招兒讓中國 90% 的光伏企業破產倒閉。我國政府及時出手反擊，加大了對國內光伏產業的補貼，這才讓剩餘的中國光伏企業活下來，同時這些企業意識到，沒有核心技術，只做代工不是長久之計。

真正的戰略轉機出現在 2016 年，身為共和黨代表的特朗普上台了，而美國傳統能源商一直都是共和黨的金主。既然當上總統就要回報金主，當時的美國政府推出了扶持化石能源的政策，削減新能源的研究開支，美國光伏產業在全球的份額開

始斷崖式下滑。美國光伏巨頭從世界第一跌到了第九。中國企業在政府的大力扶持和自身的努力下，在 2020 年世界前十的多晶矽製造商中，佔了 7 個席位。同時，中國多晶矽產能在全球佔比 75.2%，矽片佔比 97%，電池佔比 80.7%，組件佔比76.3%。這意味着在我國光伏產業的任何一個環節，世界上所有國家的產能加起來都不到中國的三分之一。此外，中國光伏發電的每度成本也直線下降，2010 年為每度 2 元，補貼後還得 8 角，2020 年每度 2 角的電場有很多。10 年的時間，成本降了 90%。可以說，中國在全球光伏領域已經處於統治地位，對美國實現了全產業鏈吊打。

事實上，特朗普政府不支持光伏發電還有一個原因，那就是光伏發電不穩定，受天氣影響大，電量出現剩餘時也沒法儲存。讓美國沒想到的是，中國在儲能技術領域彎道超車，因為中國搞定了鋰電池的核心科技。全球鋰電池產業的發展路徑與半導體一樣，都源於歐美、壯大於日韓，最終變成由中國主導。目前，中國是鋰電池的最大生產國，也是最大的出口國。2022 年中國鋰電池產量佔全球總產量的 80%，在整個產業鏈條中，全球龍頭都是中國企業。

美國現任總統上台後，看到中國在新能源領域遠遠超過美國，美國想趕超已經很難了，就只能採用制裁這一個辦法。比

如，為了解決美國面臨的能源危機，它一邊對中國太陽能面板產品徵收懲罰性關稅，一邊從泰國、馬來西亞、柬埔寨和越南進口太陽能電池板等關鍵組件。東南亞真能生產太陽能面板嗎？根本不能，都是從中國進口過去貼牌的，然後賣給美國。

中國在新能源領域高歌猛進時，美國新能源產業因政黨利益舉步維艱，曾經自豪的百萬太陽能屋頂計劃逐步爛尾，並沒讓中國新能源產業倒下，現在全球最大的光伏鋰電集群在中國，全球最大的動力電池廠商在中國，全球最大的新能源市場在中國。綠色低碳是未來的趨勢，以石油為代表的傳統能源會加速退出歷史舞台，而屬於光伏鋰電的高光時代正在到來。

美國《芯片和科學法案》

美國《芯片和科學法案》歷時 3 年，2022 年 8 月正式簽署，這會卡住中國半導體產業的脖子嗎？我們先來看這項法案的內容，主要有三點。

第一，建立所謂的「芯片四方聯盟」。主要是以美日企業為首，拉攏中國台灣和韓國的半導體企業。背後意圖是利用這一組織，把中國大陸排除在全球半導體供應鏈之外。

第二，加大對美國本土芯片企業的補貼。美國計劃給芯片企業研發和工廠建設發放 527 億美元的補貼，向在美國投資半導體的工廠企業提供為期 4 年減免 25% 的稅收政策，這是為了讓半導體產業回流美國。

第三，遏制中國科技的發展。法案中提到，10 年內任何接受美方補貼的半導體企業，必須在美國本土製造芯片。特別是禁止在中國擴大生產和投資比 28 納米更先進的芯片，更不允許擴大現有產能，否則將得不到這一補貼。這是打着增強美國競爭力的旗號，來遏制中國科技的發展。

在歷史上，美國為了自身利益，在 1980 年也出台過類似的法案打壓日本的芯片產業。那時日本超越美國，成為半導體產業的龍頭。1986 年，日本的半導體在全球市場的佔有率達到 50%，前十大半導體企業有 5 家在日本。同年 9 月，美國逼迫日本簽訂《日美半導體協議》，日本芯片產業開始衰退，到 1993 年，美國取代日本成為世界上最大的芯片出口國。此後，日本的半導體產業一蹶不振，被韓國、中國台灣等超越。30 多年前，美國打壓了日本芯片產業，現在又想用類似的方法遏制中國芯片產業的發展。

從短期看，如果半導體巨頭拋棄中國到美國建廠，國內高端工藝芯片的代工和製造就會被耽誤，會進一步拉大中美芯片

整體技術的差距。目前，國際最先進的工藝是生產 3 納米芯片，而我國最先進的工藝是 14 納米芯片，如果遭到美國的極端制裁，我國做不了 14 納米芯片，只能做 28 納米芯片。所以短期內我國芯片會面臨陣痛。

從長期看，這也是芯片國產化的一個契機。從 2018 年開始，美國全方位限制中國芯片產業的發展，但這樣反而加速了中國芯片國產化進程。2021 年，中國採購的國產芯片製造設備佔比已達到 27%，與 2020 年的 16.8% 相比有大幅提升。這個法案特別提到，禁止在中國擴大生產和投資比 28 納米更先進的芯片，實際上像車用芯片、家用電器、可穿戴設備等使用的芯片，28 納米成熟工藝就足夠了，現在只有智能手機等少數產品才要求 28 納米及以下的先進工藝。數據顯示，未來 5 年，28 納米以上的成熟工藝市場份額仍高於 50%，而當前世界上 28 納米芯片的擴產主要集中在中國。如果美國不斷制裁，只會加快 28 納米芯片國產化的速度。

從補貼額度看，527 億美元聽上去挺多，但實際上要分 5 年，分給 20 家公司，每年每家公司能拿到 5 億多美元。但像台積電、英特爾這樣的巨頭公司，投資規模都在百億美元，這點兒補貼太少了。如果選擇了這些蠅頭小利，它們就會失去中國這個大市場。數據顯示，2022 年中國大陸市場半導體銷售

額全球佔比接近 32.5%，但芯片自給率仍只有 25% 左右，這些企業會為了 5 億美元補貼而本分地留在美國嗎？這些企業屆時很可能為了拿到補貼，在美國假裝建廠，私底下還會在中國大陸繼續擴大產能。

芯片產業是一個全球化系統工程。美國在芯片設計等方面擁有話語權，但芯片製造環節的重心正在逐漸向日本、韓國、中國轉移。就拿人力成本來說，2020 年台積電要到美國建 5 納米芯片工廠，3 年過去了，工廠還沒有建成。原因之一就是美國缺乏芯片製造人才，成本又比中國台灣地區高 50%，這對用慣了廉價勞動力的企業來說是難以接受的。另外，製造業是很辛苦的行業，而美國的大環境是人們偏愛研發和金融等腦力勞動，現在突然讓他們回歸高強度的體力勞動，他們太難適應了。相比之下，中國在人才、市場規模、基建物流等方面都更有優勢。美國想用行政手段讓芯片產業強行回流，也不符合市場規律。

無論如何，中國實現高端芯片的突圍都到了背水一戰的關鍵時期。實現不了突圍，中國就無法實現高端產業升級，就永遠擺脫不了西方國家的卡脖子之痛。突圍的過程要付出更大的努力和代價。但中國的優勢在於體制，可以集中力量辦大事。我們有理由相信，中國一定能衝破西方國家的圍堵，解決芯片的卡脖子之痛。

圍堵升級：美國挑起網絡戰

　　現代戰爭有五大戰場，分別是海洋、陸地、天空、太空和網絡。在網絡時代，信息戰將取代海、陸、空，成為未來戰場的主要形式。

　　2022 年 9 月初，央視公佈了一條消息。國家計算機病毒應急處理中心和 360 公司聯合技術團隊經過技術分析與追蹤溯源，發現美國先後用 41 種專用網絡攻擊武器裝備，對我國西北工業大學發起攻擊，竊密行動達上千次，並竊取了一批核心技術數據。此外，美國還長期對中國的手機用戶進行無差別語音監聽，非法竊取手機用戶的短信內容，並對其無線定位。

中國高校這麼多，美國為何偏偏對西工大虎視眈眈

　　因為西工大是我國航天、航空、航海工程教育和學科研究領域的重點大學，參與了載人航天、探月工程、C919 大飛機、無人機技術等多個尖端項目的研發，並為我國「三航」事業培養了大批人才。

　　同時，西工大是著名的「國防七子」之一，為我國國防技術的安全可控提供了有力支撐。全國第一架小型無人機、第一

台地效飛行器、第一台航空機載計算機等，均誕生於西工大。

西工大強大的科研實力讓美國感受到威脅，美國為了掌握西工大的一舉一動，獲取相關技術研發進展和核心機密，對其開展了攻擊竊密行動。

美國監聽全球早已不是新鮮事

我們過去以為美國監聽的領域應該是一國的龍頭企業、政府、大學、醫療、科研等機構。但這次爆出的消息令人詫異，美國對中國手機用戶進行無差別監聽。這意味着美國的「耳朵」已經越過官方，開始觸達中國民間。監聽需要高昂的成本，美國仍然選擇做這件事，說明它考慮到了潛在的收益。我們別覺得自己是普通人，被監聽了也無所謂，單個數據不可怕，但隻言片語的信息彙總起來，形成數據池並從中發現一些規律，在國家戰略層面上就可能有重大的價值。在這個過程中，一些特殊行業的從業人員經對方篩選，可能會成為被重點監聽的對象。

美國竊聽，國際法不管嗎

現實是，針對網絡空間的跨國侵權行為，國際法沒有明確限制，美國在打國際法的擦邊球。為甚麼國際法沒有明確限

制？因為國際法本身也是強國，尤其是美國主導制定的，保留了一些模糊地帶，便於美國在一些問題上實行雙重標準。比如，同樣是受到竊聽，他國公司的維權難度要比美國公司的維權難度大得多。

買國產手機是否可以避免被監聽

其實不然，高級黑客是不挑設備的。「無差別監聽」就是無論身在何處，使用甚麼品牌的手機，都可以監聽到手機的通話內容和短信。這跟我國對國外信息技術產品還存在一定的依賴有關。尤其是在半導體、信息系統領域，即便是國產手機，其邏輯芯片和通信芯片目前也是用國外的，所以美國想從技術底層監聽我們並不難。2021 年某平台爆出一條熱搜，內容是美國中央情報局成立了「中國任務中心」，公開招募懂中國方言的特工，可見美國對監聽中國這件事是多麼執着。但我們可以放心的是，國產芯片落後主要是在商用領域，涉及國家保密單位用的計算機芯片幾乎都是國產的，就是為了安全。

面對美國挑起的網絡戰，我國有甚麼反制措施

我國的反制措施有兩方面。一方面，這些年我國一直進行數字安全防護，並偵破了美國一系列利用網絡武器發起的攻擊

行為，打破了一直以來美國對我國的「單向透明」優勢。另一方面，我國還組織科研人員打造了數字空間的「雷達」和「預警機」，捕獲針對我國的國家級黑客組織，捍衛國家數字空間主權。

在信息化時代，我們千萬不能輕視數據的重要性。數據就是黃金，是一國最寶貴的資產。為甚麼我國歷經千辛萬苦也要研發北斗導航，就是不想受制於 GPS 的壟斷，因為用別人的導航等於出賣自家的數據。反之，為甚麼有的公司想赴美上市，美國執意要求其上交道路信息和用戶信息，因為這背後都是重要的數據。往大了講，現代化戰役大多是沒有硝煙的，因為制信息權的重要程度越發突顯，很多人評價制信息權的重要性甚至高過了制空權、制海權和制地權，所以我們一定要重視信息安全，任何看似無所謂的信息匯聚成信息池，其價值都是不可估量的。

普通人如何應對

作為普通人，我們也要提高網絡安全意識，了解更多隱私保護的手段。為減少信息洩露的概率，儘量做到以下幾點。

第一，儘量避免在手機終端留下過多的私人信息。

第二，不要通過非官方渠道下載任何應用，儘量選擇在官

方應用商店下載。

第三，不要打開未知的網站鏈接和不熟悉的電子郵件，不隨意填寫個人資料。

第四，儘量不開通「免密支付」，如果必須開通，應設定月度限額或單次支付限額，一旦出現意外可避免損失擴大。

第 6 章

中國逆勢崛起

我國的地鐵、高鐵和高速公路

在中國想出門，可以坐地鐵和高鐵，開車可以走高速公路，交通工具快速而便捷。但你知道修建一千米地鐵、高鐵、高速公路需要多少錢嗎？它們對經濟的拉動作用有多大？我們先來看一組數據，我國修建一千米地鐵需 5.1 億元，修建一千米高鐵需 1.26 億元，修建一千米高速公路需 4 000 萬元。

地鐵

我國地鐵造價最貴，修建一千米需要 5.1 億元。

為何修建地鐵花錢最多？一是地鐵建在城裡，土地昂貴。在市區施工難度大，地鐵是哪兒人多就往哪兒修。先要徵地拆遷，要是等管線市政道路改造完了再修建地鐵，花費就高了。二是地鐵建築難度大。有這樣的比喻：地鐵是用 100 元人民幣

一張張貼上去的。看一個城市擁有多少條地鐵，就知道這個城市的發展水平了。我國很多城市都修了地鐵，像北上廣這樣的大城市，大多數人都是依靠地鐵通勤的。1971 年北京剛開通 1 號線地鐵時，國外發達城市已經有十幾條地鐵線路了。現在我國各大城市也都有了地鐵。衡量一個城市發達的標誌是：乘坐地鐵出行，基本上半小時就能到達你要去的地方。

我國究竟修了多少地鐵？數據顯示，2021 年全國內地地鐵里程共有 7 253.73 千米，位居世界第一。上海以 800 千米的運營里程排第一，北京以 761 千米排第二，廣州以 589 千米排第三。在全球地鐵里程前十的城市排名中，中國就佔了 7 席。乘坐地鐵日均客流，上海 977 萬人次，北京 838 萬人次，廣州 776 萬人次，成都、武漢、南京、深圳等依次排後。國外地鐵已有百年歷史，中國地鐵才有 30 多年歷史，我國是後來者居上。

高鐵

在我國修建一千米高鐵造價 1.26 億元。高鐵造價比地鐵低，因為高鐵建在荒郊地段比較多，地價便宜。從 2008 年開始，我國各大城市陸續修了高鐵，讓國人出行快速便捷。30 年前坐綠皮火車出行，速度特別慢，200 千米的路程坐火車要 3 個多小時，現在坐高鐵只需半小時。高鐵提速了，我國經濟

也跟着提速。

2022 年，我國高鐵運營里程已突破 4 萬千米，位居世界第一，相當於繞地球赤道一圈，通達 93% 的 50 萬人口以上的城市。在高速、高原、高寒、重載鐵路技術方面，我國高鐵處於世界領先地位。

我國高鐵時速 350 千米，是目前世界上商業運營最快的高鐵；日本新幹線 1964 年運營，時速 320 千米；德國城際特快列車（ICE）1985 年運營，時速 320 千米；歐洲之星 1994 年運營，時速 300 千米。和它們相比，我國高鐵的時速是最快的。

為何美國沒建高鐵？因為建高鐵需要資金和土地，如果一國土地是私有的，徵地費用就會非常貴，修高鐵造價太高，根本建不起來。美國有 734 千米的高鐵在運營，但平均時速僅為 115 千米，而國際上時速 250 千米以上才稱得上高鐵。美國基礎設施落後，火車基本上都用於運輸貨物。客運火車很少，美國人出行靠的都是私家車。有些美國人希望到中國來坐一次高鐵，體會一下中國高鐵的速度。

高速公路

我國高速公路的造價是每千米 4 000 萬元。現在我國高

速公路基本上都修通了，開車可以到達任何一座城市。截至 2020 年底，我國高速公路通車里程達 16.1 萬千米，位居世界第一，可繞地球赤道 4 圈。我國高速公路對 20 萬以上人口的城市和地級行政中心覆蓋率超過 99%。

計算一下，修 7 254 千米地鐵大概需要 3.70 萬億元，修 4 萬千米高鐵需要 5.04 萬億元，修 16.1 萬千米高速公路需要 6.44 萬億元，總共花了 15.18 萬億元，除以 30 年，每年國家需要投入 5 000 多億元，其他國家是很難做到的。這就是我國經濟發展的後發優勢。

人們常說，要想富先修路。這些年來，我國一直在修路，修高速公路、修高鐵、修地鐵、修繞城高速、修柏油路和鄉村的水泥路等，把所有道路都編成了四通八達的網絡。我們不必羨慕國外，因為在中國出行更方便。

我國的高鐵、高速公路、地鐵都超越了其他國家，我們完善了公共交通基礎設施，距離縮短了，人移動得更快了。與此同時，我國還建起了全覆蓋的信息網絡系統，信息傳遞的速度加快了。現在我國的人流、物流、信息流都快於別國，這為我國經濟騰飛插上了翅膀。

中國第三艘航母下水

　　2022 年 6 月 17 日，我國第三艘航空母艦終於在上海下水了。這是一艘完全國產、自主建造的航空母艦，被命名為「中國人民解放軍海軍福建艦」，排水量超過 8 萬噸，這是全球最大的常規動力航母。福建艦採用了平直通長飛行甲板，綜合作戰能力居世界前列。最值得一提的是，在技術上福建艦跨越了蒸汽彈射，直接實現了電磁彈射技術的突破，能在 40 秒內發射一架飛機。福建艦在電磁彈射技術上已經趕上了美國。第三艘航母的艦島變小了，為飛行甲板騰出了空間，便於艦載機起飛，同時縮小了雷達反射面積，增強了生存能力，這些都標誌着中國海軍遠洋作戰能力的提升，讓 14 億國人感到自豪和驕傲。

甚麼是航空母艦

　　航空母艦是一種以艦載機為主要作戰武器的大型水面艦艇，可提供艦載機的起飛和降落，它是世界上最龐大、最複雜、威力最強的武器之一，簡稱航母。按動力劃分，有核動力航母和常規動力航母。依靠航母，一國可以在遠離本土、不依靠當地機場的情況下，對外進行作戰。所以，航母也被稱為

「浮動的海上機場」。航空母艦是一個國家綜合國力的象徵。

我國為何要建航空母艦

只要海上一有摩擦，美國總是開來兩艘航空母艦停在中國南海，威懾中國。多年來，美國一直仰仗它的航空母艦橫行海上。隨着我國經濟的發展，國際貿易日益增多，誰來保護我國商船通過國際海域，它們遇到問題怎麼辦？中國是世界第二大經濟體，還是海洋大國，我國需要強大的海軍來維護國家主權、領土完整和經貿發展。於是從 2009 年起，我國開始建造自己的航空母艦。2012 年 9 月 25 日，我國第一艘航母遼寧艦問世，舷號 16；2017 年 4 月 26 日，我國第二艘航母山東艦問世，舷號 17；2022 年 6 月 17 日，我國第三艘航母福建艦下水，舷號 18，從此我國有了自主建設航母的能力。遼寧艦是為了紀念甲午海戰中的北洋水師，福建艦是為了紀念馬尾海戰中的福建水師。航母是國之重器，也是大國的象徵。沒有航母的國家稱不上真正的強國。

美國對中國的海上圍堵

一直以來，美國都仗着其強大的海軍實力，仗着 11 艘航母，在中國周邊進行軍事圍堵。美國利用日本和韓國的軍事基

地盯着中國，利用印度鉗制中國，在釣魚島問題上挑動中日關係，在台灣海峽故意製造緊張氣氛，挑戰中國的底線。2022年6月13日，我國外交部再次明確宣佈，台灣海峽是中國內海，不是公海，不是國際水域，其他國家的軍艦和航母不能停留在中國海域內。而美國在亞太地區就集結了兩艘航母。

國人須謹記，落後就要捱打。我們發憤圖強造航母，為的就是打破美國的制海權，不讓美國在海上為所欲為。

一國要建造航母需要巨大的財力支撐，發展科技尖端技術也需要巨大的財力支撐。這一切都源於中國經濟的發展和財富的增加。這裡既要有物資資源，也要有人力資本，只有這樣，我們才能成為強國。

中華民族歷經五千年走到今天，其中有過輝煌，我們曾經走上世界頂峰，創造了中華文明；也經歷過無數次戰爭和災難。為甚麼其他文明古國都衰落了，只有中國屹立不倒？因為中華民族骨子裡的強大基因讓我們不屈不撓，越遇困難越抱團，越能衝破障礙，浴火重生。現在我國第三艘航母福建艦下水，相信在不久的將來，我國會造出更多更先進的航母。中華民族有能力創造出自己的輝煌。讓我們做好準備，迎接中國多航母時代的來臨。

北斗衛星導航與 GPS

在日常生活中，當走到一個不熟悉的地方，你只需打開手機定位，就知道自己在哪兒了，輸入目的地，跟着導航走你就不會迷路。我們的生活已經離不開導航了，汽車、飛機、輪船都需要它。衛星導航系統相當於人的眼睛，離開了衛星定位，我們的生活效率會降低，生活節奏也會放慢。既然全球衛星導航系統有了美國的 GPS，我國為何還要研發北斗？

在 1991 年之前，我國並沒有研發導航系統的想法。1991 年海灣戰爭爆發，美國利用 GPS，精準摧毀了對方的軍事基地，許多國家都被嚇呆了，原來導航系統還能用於戰爭。大家都很擔心，一旦和美國交惡，本國安全就會受到威脅。這之後又發生了一件事，徹底激發了我國自主研發導航系統的決心。

1993 年 7 月 23 日，我國一艘貨輪「銀河號」出海做貿易，走到半路被美國指控船上裝有違禁化工產品，美國人要上船檢查。被船長拒絕後，美國關掉了「銀河號」上的 GPS 導航信號，船在茫茫的大海上沒有了方向感，不知往哪裡走，最後「銀河號」只能被迫停船，讓美國人上船檢查。雖然最後美國人一無所獲，但我國「銀河號」仍在海上漂泊了 33 天才回

到祖國。這件事讓我國終於明白，如果沒有自己的衛星導航定位系統，那就會處處受到美國的牽制。

從 1994 年開始，我國開始研發北斗衛星導航系統，起名為「北斗」。從北斗一號、北斗二號，到 2020 年 7 月北斗三號正式開通，這預示着我國擁有實現自主研發，並投入使用衛星導航的能力。目前，我國北斗衛星導航已具備空間和地面基礎設計的服務能力。

在北斗衛星導航出現前，我國 95% 的手機都使用 GPS 導航。北斗衛星導航出現後，手機導航不再叫 GPS，而叫定位或北斗定位。以前美國 GPS 獨領風騷。2020 年，我國北斗衛星導航系統完成全球組網，美國 GPS 不再是唯一的選擇，北斗系統後來居上。

北斗衛星導航系統與 GPS 的不同主要有以下幾點。

第一，北斗衛星導航支持收發文字信息，而 GPS 只接收定位信息。北斗衛星導航在全球範圍內的終端上可以一次性發送 40 個漢字，區域通信能力達到每次 1 000 個漢字，這裡包含圖片、視頻、文字等，這種雙向通信能力在航空、航海遇險時有大用處。

第二，定位精準度。GPS 在 95% 的情況下精度均值可以達到 7.8 米，一般全球指標是 10 米以內。而我國北斗衛星導

航全球實測定位精度均值為 2.34 米，在亞太地區性能更優。在民用精度上，北斗衛星導航系統已高於 GPS。但 GPS 在軍用上能夠達到 1 米以內的精度，甚至能達到 0.2 米。所以，在軍用上 GPS 的精度更高一點兒。

第三，北斗衛星導航系統可以實現雙向通信，GPS 是單向通信。

第四，衛星數。GPS 覆蓋全球並維持運行需要 24 顆衛星，北斗衛星導航系統在 2020 年第 55 顆衛星正式升空，標誌着我國北斗三號衛星定位系統全面建成。

第五，系統完成時間。GPS 最早起源於美國軍方一個項目，於 1994 年完成。而北斗衛星導航系統於 2020 年完成全面組網，比 GPS 晚了 26 年。從目前看，北斗衛星導航系統可以滿足更多用戶需求，但要完全取代 GPS 還需要一定的時間。

全球共有四大衛星導航定位系統，即美國 GPS 導航系統，中國的北斗衛星導航系統，俄羅斯和歐洲的導航系統，這四大導航系統的制式都是可以兼容的。

時至今日，我國北斗衛星導航系統已成為全球擁有衛星數量最多的導航系統，它的穩定性和精準程度足以媲美美國的 GPS。目前我國北斗衛星導航系統已和全球 137 個國家達成合作協議，潛力巨大。北斗衛星導航從投入使用至今，服務覆蓋

全球超過 230 個國家和地區，超過 11 億人。2021 年，中國衛星導航與位置服務產業總體產值達到約 4 700 億元人民幣，預計到 2023 年將增長到 7 154 億元人民幣。目前我國超過 70% 的手機芯片都支持北斗衛星導航系統，該系統取得了相當廣泛的發展。

我國北斗衛星導航系統成功組網意義在於，在軍事上，無論是戰鬥機、軍艦還是導航，都依賴衛星導航系統進行定位。有了北斗衛星導航，我國在軍事上不再受制於人。在民用上，北斗衛星導航還涉及各行各業，如農業、交通等都在用北斗衛星導航進行輔助自動駕駛。在生活中，北斗衛星導航系統無處不在，該系統的全面普及會促進中國經濟的進一步發展。

隨着我國北斗衛星導航系統組網建成，美國 GPS 迎來了最大的競爭對手。北斗衛星導航系統的建立，讓全球衛星定位系統有了競爭者，這將推動我國科技進步，給人類帶來福音。

我國為何要建空間站

每當夜晚來臨，舉目望去，距離我們頭頂 400 千米的天空有一個亮點，那就是我國的空間站。它環繞地球飛行一圈是 90 分鐘。

甚麼是空間站

它就像太空中的一個「酒店」。人類想探索太空，而載人航天器的飛行時間很短，做不了研究，人類就在太空上建成了一個漂浮的駐地，航天員可以在裡面休息，還可以做科學研究。以我國天宮號空間站為例，它由 5 個部分組成，分別是核心艙、載人飛船、貨運飛船及兩個實驗艙。我國空間站現在住了 3 位航天員。如果說神舟飛船是一輛轎車，天宮一號和天宮二號相當於一室一廳的房子，那麼空間站就像三室兩廳的房子，還帶着儲藏間。既然地球上已經有一個空間站了，我國為何還要耗資幾百億元建自己的空間站？說來話長。

美國不讓中國加入國際空間站

蘇聯在解體之前，是世界上航天實力最強的國家，美國只能排在第二位。蘇聯解體後，美國主動找俄羅斯合作，希望強強聯手組建空間站。1993 年，美俄提出建設國際空間站。1998 年國際空間站建立，2010 年完成建造任務。共有 16 個國家參與國際空間站聯合建造，截至 2020 年 11 月，共有 242 名宇航員和太空遊客登上國際空間站，卻沒有中國航天員登上去。因為在國際空間站建造過程中，美國極力反對，不給中國加入國際空間站的機會。2011 年還通過了「沃爾夫條款」，禁

止中國與美國在航天方面的任何合作，美國試圖封鎖中國航天業的發展。

中國建起自己的空間站

在美國的嚴厲制裁下，我國沒有放棄。早在 1992 年，我國就確定了航天工程三步走戰略，能上天、能出艙、建立起小型空間站。從神舟一號到神舟十四號，從天宮一號到天宮二號，我國空間站從無到有，從弱到強。2021 年 4 月底，中國人終於擁有了夢寐以求的空間站。2022 年，中國空間站全面建成。

和國際空間站相比，中國空間站的優勢在哪裡

第一，中國空間站更經濟。國際空間站花費了 1 600 億美元，是多國湊錢建造的。中國空間站僅花費 500 多億元人民幣，合 100 多億美元。

第二，中國空間站是中國人自己建造的，沒有任何其他國家的協助，空間站裡的設備操作都使用中文標註。我們有獨立控制權。

第三，國際空間站總重量約 420 噸，中國天宮空間站建成後的總重量約為 180 噸，質量雖小卻可以實現國際空間站 90% 的功能，在性能上一點兒都不含糊，很多方面還技高

一籌。

第四，中國空間站裡一切井然有序，一塵不染，而國際空間站裡亂七八糟。美國媒體說，中國空間站令國際空間站相形見絀。

中國空間站全面建成，許多國家都希望能和中國共同使用空間站，一起探索太空。我國也對世界各國開放了邀請，已有 17 個國家通過了層層考核，國外宇航員都在加緊學習中文，準備登上中國空間站。

國際空間站 2024 年隕落在即，美國態度發生了 180 度大轉變，美國專家表示：「只要中國同意，我們就加入中國空間站。」美國早早就遞交了申請，中國拒絕的理由是「研究項目不達標」。這正是當年美國拒絕我國加入國際空間站的理由。

最近，美俄在國際空間站項目上出現了矛盾，俄羅斯要放棄和美國的合作，準備和中國合作，而美國也表示要和中國空間站合作。未來隨着國際空間站的隕落，中國的天宮站將是世界上唯一一個在軌的空間站。

中國建設空間站的意義

我國用了 30 年時間，花費幾百億元人民幣建起空間站，不僅僅是為了揚眉吐氣，其背後的戰略意義非常巨大。空間站

不僅會帶動我國航天科技產業鏈相關的科技進步，還將為人類未來移民外太空積累科學基礎。太空與地球不同，太空是一個失重真空的環境。航天員在空間站可利用太空環境從事許多科研活動，涵蓋了生物、醫學、化學、物理等領域。

例如，先天性失聰患者佩戴的人工耳蝸、超聲診斷、遠程醫療技術、太空育種，還有方便麵、尿不濕等，這些都是為太空探索而研製出來的，而空間科學研究給人類帶來了福音。

可以說，航天代表着人類目前最高的科技水平。誰在該領域取得重大突破，誰就能引領未來世界，我國已做好了準備。在人類對制空權的爭奪中，中國已經趕上來了。

航天育種知多少

2022 年 6 月 5 日，神舟十四號成功發射。神舟十三號返回地球時，帶回了 1.2 萬顆種子，其中很多是我們常見的種子，比如四川水稻、大明綠豆、生菜、蘑菇、中藥材等。它們隨着神舟十三號在軌邀遊 183 天後，返回了地面。接下來，這些種子將被種植產生新的作物，其中一些經過檢驗的，可能在不久的將來會出現在我們的餐桌上。

事實上，這已不是我國第一次帶種子上太空了。1987年8月5日，我國利用返回式衛星首次把植物種子送上太空，到2022年4月，我國已完成了30多次返回式搭載，共培育出超過200個通過審定的新品種，包括水稻、小麥、大豆、茄子、辣椒、棉花、甘草等。種植總面積超過240萬公頃，產業化推廣創造經濟效益2 000億元以上。

航天育種的原理是甚麼？它是利用太空的特殊環境（射線輻射、微重力等），改變種子的基因排列順序，使其發生誘變。帶回地球後，通過種植培育，得到果實大小、形狀、顏色、口感、抗病性等性狀不同的植物品種。但不是任何種子都有「遨遊太空」的倉票。在這之前，科學家需要花費大量時間去篩選，只有綜合性狀優良、遺傳穩定、充滿活力的種子才有機會被送入太空，即便這樣，能夠突變的種子也僅有千分之一乃至萬分之一。

人們也許會擔心，航天育種是否安全，會不會因為輻射太大對人的身體造成危害？其實大可放心，航天育種是安全的。一是航天育種輻射很小，遠低於國際食品安全輻射的劑量。二是不同於轉基因作物，它並沒有外源基因導入，只是自身的基因組序列發生了改變，跟自然界變異得到的產品本質上沒有區別。三是航天育種的種子，回來之後也要經過3~5年的時間，

選育、繁育至少 4 代，最終通過審定，才能流入市場。所以，我們平時買到的航天育種產品是可以放心吃的。

我國為何要大力發展航天育種？

這就不得不提我國的人均耕地面積了。2021 年自然資源部公佈的第三次全國國土調查數據顯示，我國耕地面積為 19.18 億畝。這個數字除以 14.13 億人口，我國人均耕地面積僅為 1.36 畝，遠低於世界人均耕地面積。

一邊是我國人均耕地面積小，一邊是我國人口眾多，形勢所迫，我們必須研究出更高產的糧食品種。20 世紀 70 年代，袁隆平的三系雜交水稻技術大幅提升了糧食產量，也讓我國的育種技術走在了世界前列。但進入 80 年代，我國育種技術陷入停滯，被別國卡住了脖子。直到 1987 年，我國開始嘗試將種子送上太空培育，再一次開闢了新大陸。有關專家說，航天育種相對於傳統育種，種子變異頻率更高，育種週期更短，確實能提供更多更好的農產品。

航天育種非常有利於農民，拿太空香蕉的培育來說，它不僅讓產量接近翻倍，還讓香蕉的生長週期從 13 個月縮短到 9 個多月，從而提高了農民的收入。當然還有利於大眾，能讓大家吃到更可口、更營養的食物。比如，纖維素含量更高的小麥，維生素 C 含量更高的辣椒，等等。所以，航天育種這件

事不僅衝天，也接地氣。

種子是農業的「芯片」。農業一直以來都是我國的戰略性、基礎性產業之一。但當下，我國依然面臨着種子資源匱乏的困境，航天育種作為打破這種局面的一個途徑，希望能在該領域結出更多碩果。

國產大飛機來了

2022 年 9 月 29 日，國產大飛機 C919 正式獲得中國民航局頒發的型號合格證，這意味着 C919 歷經近 14 年的研發和測試，具備了執飛商業航班的條件。

過去的民用大飛機一直由美國和法國壟斷，壟斷程度非常嚴重。例如，波音飛機衛生間的一個衛生紙盒壞了，雖然這種東西沒有技術含量，但必須用波音公司的原廠件，價格 300 美元，如果私自從其他渠道採購，整架飛機就沒有質量保證了。萬一發生空難，即便是其他原因，只要用的不是原廠件，波音公司就無責任。因此，獨立開發和製造大飛機一直是我國的一塊「心病」。

從 20 世紀 70 年代開始，中國民航啟動了運–10 項目。

運-10 飛機是中國自主研製的大型噴氣式客機，但在 1985 年之後因經費問題停飛，中國大飛機夢暫時中斷。到了 90 年代，中國民航先後與美國公司合作生產客機，並嘗試與歐洲公司合作研發，由於受制於技術能力和內外環境，最後以失敗告終。進入 21 世紀，中國民航明確了自主研製、自力更生的目標。2008 年中國商飛公司成立，C919 的研製引人注目。這是目前航空市場需求最大的機型，最大航程超過 5 500 千米，設有 158~168 個座位。2017 年，C919 大飛機完成首飛。

2019 年後，C919 在國內多地進行密集的飛行試驗。同時在與中國簽署雙邊適航協議的俄羅斯、加拿大、巴西等 27 個國家進行了試飛。這意味着 C919 不僅可以在國內飛行，也可以在這 27 個國家飛行。

有人也許會疑惑，C919 面向國際市場是否要取得國際適航證？的確，我們需要拿到美國聯邦航空管理局和歐洲航空安全局的適航證。適航證相當於飛機的行駛證，它是檢驗一架飛機是否安全的標準。事實上，我國適航證比歐美適航證更加安全與嚴格，只是歷史較短。另外，一直以來，以美國為首的西方國家都想盡辦法打壓我國的高科技產業，目前我國無法順利拿到歐美適航證也不意外。但也不需要太擔心，2017 年我國就與美國和歐洲規定，如果今後拿不到歐美適航證，我們就和其

他國家一個個談，開通雙邊航線。現在我國已與 27 個國家簽署了雙邊適航協議。只要在這些國家通過試飛，C919 就可以在這些國家飛行。儘管如此，爭取歐美適航證還是有用的，因為目前全球大部分國家都認可這兩個國家頒發的適航證，拿到這兩個證在全球銷售才更方便。更重要的是，這是 C919 進軍國際市場與波音、空客競爭的入場券。C919 在價格方面也具有優勢，約為 0.99 億美元。在安全性上，C919 用了更多新材料和新技術，比波音和空客更有保障。

針對 C919 最具爭議的話題是國產率不高，只有 60%，大量配件是國外的，我們只是造了個殼子，做了組裝。事實上，像民航客機這類精密產品，不同於計算機行業，整體設計能力更為重要。比如，噴氣式客機的首創者英國彗星客機，1949 年首飛後廣受歡迎，卻發生多次空難，背後的原因不是產品質量問題，而是傳統矩形舷窗周圍容易出現金屬疲勞。此後，各國客機紛紛改用圓角形的舷窗設計。另外，有些人覺得造飛機殼子容易，其實目前這項技術也就中、美、英、俄、法 5 個國家能造，技術含量極高。當然，我們不否認差距，像航空發動機等核心部件目前確實還被「卡着脖子」。

但無論如何，C919 取得了很大的突破。未來 20 年，中國需要 8 000 架 C919 這樣的客機，這將開啟一個萬億級的市

場。屆時不僅可以直接帶動經濟增長，還會拉動旅遊業、物流行業、上下游成千上萬的供應商等。相信中國大飛機會逐步獲得國際認可，成為中國高端製造的一張新名片。

中國特高壓

中國有一項技術讓西方國家很羨慕，美國能源部前部長甚至說，「這挑戰了美國在世界的創新領導地位」。這項技術就是中國的特高壓技術。

特高壓由 1 000 千伏及以上交流輸電和 ±800 千伏及以上直流輸電構成，簡單理解就是特別高的電壓。通常，電壓按等級可以分為低壓、高壓、超高壓和特高壓 4 種。與傳統超高壓輸電線路相比，特高壓在輸電距離和輸送容量方面最高可提高 3 倍，電力損耗可降低 45%，還可以節省 60% 的土地資源，被形象地稱為電力領域的超級高速公路。

但特高壓這一技術我國曾經落後西方 40 年，現在不僅反超成為全球第一，而且成為該領域世界標準的制定者。中國是如何反超的？

特高壓輸電技術最早由蘇聯、日本和美國為首的國家在

20 世紀 60 年代後期開始研究，蘇聯在 1985 年建成一條 900 千伏特高壓線路，但 1991 年蘇聯解體後經濟衰退，用電量隨之下降，後來被迫降壓至 500 千伏的超高壓。二戰後日本經濟快速發展，用電需求猛增。1973 年日本開始研究特高壓，後遭遇東亞危機，扛不住巨額經濟投入，中途放棄。相較於蘇聯和日本，美國行動最早，從 1967 年開始研究，但一直處於實驗室階段。通過以上 3 個國家的發展歷程我們可以看出，特高壓成敗與經濟實力和技術有很大的關係。經濟實力好理解，但在技術上特高壓有那麼難嗎？

理論上不難，但在現實中，當電壓足夠高時，所有絕緣體都可能變成導體。比如，空氣本身不導電，但在雷雨天空氣中的電場強度達到一定程度時，閃電就會產生，空氣就變成了導體。所以對特高壓變壓器來說，絕緣性能是最大的難題之一。當時絕緣性能最好的陶瓷，能承受電壓 50 千伏，但特高壓標準是 1 000 千伏及以上交流和 ±800 千伏及以上直流，陶瓷顯然無法承受。美國人想到一個方法，把普通陶瓷改良成高配版陶瓷，這確實解決了絕緣問題，但造出來的變壓器重達 7 000 噸，相當於 100 節動車組的重量，這麼重無法運輸。

後來，我國科研人員找到了新方法，那就是紙，一種特製的絕緣紙，這種紙可以隨便裁剪成不同形狀，將變壓器重量由

原來的 7 000 噸降到 500 噸。但 500 噸還是很重。從工廠運到全國各地能否再降？科研人員又想了一個巧妙的辦法，變壓器在工作時是浸泡在專用變壓器油裡的，為了不損傷器件，在運送前將變壓器油替換為液態氮氣，等到了目的地再換變壓器油，這一操作又減輕了 150 噸。至此，我國科技人員以自己的智慧，把特高壓變壓器從 7 000 噸降到了 350 噸。

我國從 1986 年開始立項研究特高壓輸電技術，到 2009 年1 月，起自山西長治，終到湖北荊門的首條特高壓線路正式投入使用。這麼多年來，我國動用近千名科學家及工程技術人員，投入近 5 萬人施工建設，召開上萬次會議，共同展開了 180 多項關鍵技術的研究和九大類 40 多項關鍵設備的研製，要求之高，任務量之大，在中國科技史上是前所未有的。截至 2021 年底，中國已建成「15 條交流 18 條直流」一共 33 個特高壓輸電工程。

為了特高壓，我國投入這麼大、付出這麼多值得嗎？

我國能源分佈的情況是，76% 的煤炭、80% 的風能、90% 的太陽能都分佈在西部和北部地區，80% 的水能分佈在西南地區。但 70% 以上的電力消耗卻集中在發達的東中部地區。從能源富足的西部到高耗能的東部，距離長達 1 000~4 000 千米，專門解決 3 000~5 000 千米輸電難題的特高壓顯得尤為必

要。另外，隨着我國經濟的發展，用電量激增，如果依舊靠大型坑口、港口電廠發電，再向外輸送，效率低，輸送量少。最重要的一點，這是我國未來的能源戰略。縱觀世界能源發展史，能源體系的每一次重構都會對經濟發展釋放巨大力量。比如，第一次工業革命，英國以儲量豐富、價格低廉的煤炭為燃料，蒸汽機為動力，成就了日不落帝國。第二次工業革命，美國憑藉石油—鐵路—汽車生產線，成為20世紀頭號工業強國。未來當新能源成為主流後，中國將形成新能源—特高壓—新能源汽車與儲能技術這樣全新的能源體系，特高壓將成為運輸新能源的大動脈。

特高壓有一條完整的產業鏈，包括線纜、變壓器、電源材料等的生產製造、基礎施工及日常維護等，相關從業人員已經長期享有其發展紅利。目前民用電每度平均5角，其中特高壓的電力平衡與調度起到了關鍵作用。

中國鋰電池的逆襲

在數字化時代，有兩項技術被認為最能推動歷史進程。一項是半導體，作為現代電子設備的重要組成部分，被稱為現代

電子產品的大腦。另一項是鋰電池，現在電子產品及新能源電動車都離不開它。巧合的是，這兩項關鍵技術有一個共同點，即歐美發明、日韓發展，最終主導權卻歸於中國。

那麼，在鋰電池上我國是如何逆襲的？

在十多年前，我國的鋰電池市場被日本企業壟斷。一個電池組的價格高達 1 100 美元 / 千瓦時，中國企業崛起後，一個電池組的價格下降到 137 美元 / 千瓦時。10 年前，日本掌握全球鋰電池話語權，出現了索尼、松下、三洋電機等知名企業，緊隨其後的是韓國企業，當時中國的鋰電池企業沒有一個能叫得上名來。經過十多年的發展，全球鋰電池行業大洗牌，我國鋰電池產量一舉反超日韓成為全球領導者，這期間究竟發生了甚麼？

鋰電池出現得比較晚，20 世紀 70 年代，在全球「石油危機」的背景下，美國為減少對石油進口的過度依賴，大力開發新能源和儲能技術，花了近 5 年時間，終於研製出世界上第一塊鋰電池，然而這種鋰電池的性能很不穩定，容易爆炸，沒有進行商用。後來，日本對鋰電池進行了改善，1991 年，索尼公司率先發佈了世界上第一塊商用鋰離子電池。此後，日本憑藉技術上的先發優勢，在鋰電池領域越做越好。隨着智能手機和筆記本電腦的崛起，鋰電池迅速發展。1998 年，日本鋰電池

年產能迅速飆升至 4 億支，在全球鋰電池市場份額佔比高達 90%。

　　雖然日本在鋰電池技術上有了新突破，但在電動汽車市場卻碰了壁。當時市場以燃油車為主，電動汽車生產成本貴，再加上電池續航短等問題，使得本土電動汽車銷量並不高，日本計劃投入生產 100 萬輛新能源汽車，最終只賣出 2 500 輛。此外，日本也在考慮，如果繼續發展鋰電池，就需要更多的鋰礦資源，但日本鋰礦資源非常貧乏，於是日本汽車廠商轉向氫能源的開發，從此日本的鋰電池產業走向衰退。

　　韓國一看機會來了，從日本引進鋰電池技術，加上大財團資金的支持以及韓國政府真金白銀的補貼，韓國出現了以三星 SDI 和 LG 化學為主導的鋰電池雙巨頭。

　　中國從 20 世紀 90 年代初開始研究鋰電池，但當時鎳氫電池市場需求更大，加上日本在鋰電池方面的技術優勢，中國並沒有出現較多優秀的鋰電池企業。直到 2000 年後，中國電池廠商才逐漸意識到鋰電池的重要性，大量企業開始轉型發展鋰電池。後起的中國是如何超越日韓的？這就要說到原料和市場了。

　　先說原料，正極材料是鋰電池最核心也是成本最高的部分，約佔電池總成本的 40%，而鋰正好是正極材料的核心原料。但我國鋰資源也不多，截至 2020 年，我國已探明鋰資源

儲量約為 540 萬噸，約佔全球總探明儲量的 13%，其中 80% 左右來自鹽湖中的滷水，開採難度很大。日韓鋰資源更少，面對這種狀況，誰能在國外爭取到更多鋰資源誰就更具優勢。幸運的是，我國鋰電池巨頭公司從 2017 年開始就積極收購外國鋰礦。目前，中國已經掌握了全球一半的鋰礦資源，鋰電池產量更是佔據了全球總產量的 80%。

原料有了保障，接下來就是市場。最近幾年新能源汽車發展迅猛，中國本身就擁有巨大的市場，2013 年我國開始了新能源補貼政策，尤其是 2019 年發佈《鋰離子電池產業發展白皮書》以後，扶持了相關產業鏈的發展，據統計，近 10 年來，全球累計推廣新能源汽車超過 1 800 萬輛，其中中國超過 900 萬輛，在全球佔比超過半數。

再加上部分電池材料核心技術國產化，降低了原材料進口的成本，同時依託我國較低的人工成本，中國鋰電池產品迅速搶佔了日韓企業的市場份額。目前在全球鋰電池市場份額中，中國佔六成，韓國佔三成，日本佔一成。

綠色低碳是大勢所趨，以鋰電池為代表的新能源必將取代以石油為代表的傳統能源，而我國在鋰電池領域從未像今天這樣領先於全球。

三沙市：我國最南端的年輕城市

我國有一個三沙市，於 2012 年 7 月成立，它是中國最年輕的城市。在中國位置最靠南，總面積最大，但陸地面積最小，它還是人口最少的城市。它隸屬於海南省，是我國南海上一顆璀璨的明珠。

說它最年輕，因為它是 2012 年成立的，到 2022 年僅有 10 年的歷史。說它位置最靠南，因為它距離海南島三亞還有 300 千米，是我國最南端的城市。說它海陸面積最大，因為它有 200 萬平方千米，比新疆 160 萬平方千米的面積還要大。三沙市的陸地面積最小，約 20 平方千米，其人口最少，2020 年的常住人口僅為 2 333 人。

三沙市由 280 多個島、沙洲、暗礁、暗沙和暗礁灘及其海域組成，地處太平洋與印度洋的咽喉之處，素有「世界第三黃金水道」之稱，是古代「海上絲綢之路」的必經之地，戰略位置十分重要。

三沙市蔚藍的海水下面藏有很多寶藏。在生物資源方面，這片海域有諸多藥用價值很高的動植物，出產的日月貝、海綿、鯊魚軟骨及海蛇毒等可用於提取抗癌藥物。在魚類方面，

作為祖國的漁倉，南海的潛在漁獲量高達 650 萬噸，這麼多魚肉足夠全國人民連吃很多天，這些資源還是可以再生的。在礦藏方面，三沙有大礦和好礦。在數十種礦藏中，錳結核和鈷結核儲量最為豐富，極富經濟價值。三沙周圍的海水鹽度很高，總含鹽量預計在 70 萬億噸以上，夠中國人吃鹽很多年。在能源蘊藏量上，溫差能每年可達 600 億千瓦，海水中的鈾核能相當於一個 25 萬千瓦電站 150 億年的發電量。

三沙市的海底蘊藏着「可燃冰」，總量非常驚人，相當於我國陸上和近海天然氣總資源的一半。據粗略估算，三沙海底油田約有 250 個。石油儲量最少在 230 億 ~300 億噸，佔世界石油儲量的 1/4，天然氣儲量在 20 萬億立方米以上，是世界石油、天然氣的寶庫。由此可見，三沙是一個坐落在聚寶盆上的城市。

既然南海有豐富的油氣資源，為何我國遲遲沒有開發？這是因為南海局勢太複雜，一方面是周邊各國在和我國爭島嶼和資源，另一方面是美國不斷派軍艦進入南海區域挑釁，在我國南海製造不安定因素。

2012 年，我國成立三沙市管理南海諸島就是向全世界宣佈，南海諸島由我國掌管，南海是我國的領土，不容別國干涉。我國在南海一直保持擱置爭議、共同開發的政策。相較於越南、菲律賓動輒出動軍艦，中國在南海的維權始終保持克

制。對中國來說，南海最重要的是其戰略地位。當今世界有三大經濟中心，東亞、西歐和北美，而南海就是東亞國家前往西歐最重要的航道，每年全球有 25% 的海上運輸要經過南海，這裡面的經濟利益遠大於南海所蘊含的自然資源。

中國作為世界上規模最大的出口國家，南海是重要的海上航運線路之一，保障南海主權就是保障中國經濟的發展，這才是三沙市最重要的戰略意義。南海的戰略價值對小國沒有用，但對中國就是經濟命脈，中國加強對南海的管理，最終完全控制南海，把美國勢力逐出亞太，徹底打破美國的封鎖，這才是我們的目的。

三沙市有着豐富的旅遊資源，那裡一年四季都是夏天，雖然是熱帶，但天氣不是很熱，非常適合度假和休閒。三沙的天空特別藍，海水蔚藍清澈見底，到處都是五顏六色的珊瑚。三沙市政府所在地永興島，環境猶如世外桃源，雖然人口不多，但基礎設施一應俱全，那裡有超市、酒店、飯店、郵局、電信營業廳，有學校和圖書館，有醫療設備齊全的醫院，還有電影院、網吧、商業街。三沙市的福利制度堪比西方發達國家，政府修建的房子只象徵性地繳納 1 元錢就可以入住，水電費全免，小孩上學不要錢，島上居民看病也不要錢。島上居民的收入不需要交稅，大部分的生活用品政府都會發放，真正做到了

衣食住行全方面福利補貼。

　　作為國人，想去三沙遊玩必須通過審批才准許入內。三沙市是我國重要的軍事基地，每年接待遊客總人數是有規定的，外國人禁止入內。近年來，為了有更多的陸地面積，三沙人一直在努力。2016 年，三沙市再次填海造陸 15 平方千米。將來三沙市會成為一個度假勝地，它的戰略位置非常重要。

第 7 章

樓市還要跌多久

樓市風向變了嗎

2022 年 3 月 1 日，鄭州出台「救市」新政引來市場關注。樓市風向標變了嗎？

鄭州救市，出台 19 條新政

第一，從需求看，鬆綁了限購、限貸，重啟了貨幣化安置。放寬了大學生、外來務工人員、隨遷老人、改善性居住等四類購房需求。允許隨遷老人投靠家庭新購一套房，總共可以買 3 套房，支持改善性購房需求，等等，都為此提供了便利條件。

第二，鬆綁二套房限貸。對已擁有一套房，且貸款已結清的，執行首套房的貸款政策，首付比例由六成降為三成，降低了買第二套房首付資金的壓力。相較於 2021 年，鄭州房貸有

明顯鬆動的跡象。

第三，鼓勵棚改貨幣化安置。原來拆遷是給房，後來拆遷是給錢，拆遷戶拿到錢可以自己去買房，這叫棚改貨幣化。

鄭州為何着急「救市」

自 2019 年以來，鄭州新房銷量持續下跌。尤其是 2021 年下半年以來，受行業整體低迷、暴雨、新冠病毒感染疫情等影響，鄭州樓市成交明顯萎縮。2021 年，鄭州銷售的商品房總面積約 1 398 萬平方米，同比下滑約 25%。商品房銷售套數已達 6 年來最低。另外，住宅項目爛尾嚴重。據統計，截至 2021 年末，鄭州停工、延期等待交付的問題項目有 274 個，涉及 2.5 萬套住房。

鄭州救市有示範效應嗎

鄭州已開始救市。銀保監會負責人說：「2021 年房價下跌，房地產的泡沫化、貨幣化問題發生了根本性逆轉，樓市不像以前那麼活躍了，現在房地產的價格做了一些調整，對金融業是件好事。但不希望房地產市場調整太劇烈，要平穩轉換。」這表明，中央對樓市調控政策有所鬆動。如果鄭州這次出台的救市政策沒有受到阻力，未來就會有很多弱二線城市跟進，它具

有信號作用。

對房地產走勢的分析

眼下政府不想讓房地產波動太劇烈，不想看到房價下跌。但放鬆措施本身是一把雙刃劍。這個市場不是那麼好控制的，現在還看不到房地產市場真正的拐點。但政策信號已經明了，到底能不能穩住購房者的信心，最終還要看政策的力度夠不夠，能否扭轉人們的預期。

雖然政策已明朗，調控政策會放鬆，房貸利率也會下降，但房價下降了嗎？是否符合投資者的預期？所以，買房者一定要判斷形勢，把握好機會。謹慎對待自己手中的錢。

斷供潮來了嗎

中國最大的網絡拍賣平台顯示，截至 2022 年 1 月，全國法拍房共 160 萬套，比 2021 年增加 30 萬套，是 2017 年的 180 倍。面對這些令人心驚的數字，我們不禁要問，斷供潮真的來了嗎？

住房和城鄉建設部統計推算，2022 年我國有各類商品房大約 2.45 億套，160 萬套的法拍房只佔總數的 0.65%，不到 1%，遠遠談不上斷供潮。為何 2022 年 1 月網絡平台上法拍房

會增長迅猛呢？有以下幾點原因。

第一，拍賣方式變化。法院拍賣與網絡零售不同，它不僅體量大，且涉及眾多法律事件。在網絡上拍賣一所房屋，其難度遠遠大於賣一箱牛奶、一雙球鞋等。所以法拍房線上化起步晚，2017 年以後才算步入增長快車道。新冠病毒感染疫情以來，線下法拍大量轉移至線上，所以 2022 年網絡平台的法拍房數量是 2017 年的 180 倍，但這不能說明法拍房總量激增。

第二，炒房客選擇斷供。2017 年以來，多個熱點城市推出限購令或限售令。限購令使市場需求減少，房價漲不起來，前期非理性上漲的地區有所下降。河北燕郊房價從每平方米 4 萬元回到了 2 萬元，炒房客即使能把房子賣掉也賣不上價，甚至可能比斷供虧得還多。對樓市絕望的炒房客只好選擇斷供。也有部分剛需購房人選擇斷供，他們有的被炒房客害了，有的則是工作出現了變動。

那麼，斷供會帶來甚麼影響？

以燕郊某斷供者為例，2017 年以總價 426 萬元、貸款 298 萬元、月供 1.68 萬元買下一套 140 平方米的房產，2021 年因無力還貸選擇斷供，7 個月後被銀行起訴，這時他才知道，他 4 年還的 80 萬元中，只有 16 萬元是本金，還欠銀行本金 282 萬元，同時他還要承擔罰息、律師費等共計 19 萬元的費用，

合在一起欠銀行共 300 多萬元。他為甚麼選擇斷供，而不乾脆申請破產呢？目前深圳正在試行個人破產法，如果他在深圳是可以申請個人破產保護的。但審核條件十分嚴格，即便申請通過，他也會被列入失信人名單，乘飛機、坐高鐵、買車等都會受到限制。

所以，買房斷供不會一了百了，還會讓你承擔更多損失，甚至嚴重影響日後的生活，不到萬不得已，千萬不要斷供。

這裡提醒每個貸款買房的人，在申請貸款時一定要想好自己的償還能力，否則會「賠了夫人又折兵」，得不償失。

買房謹防變成負資產

從 2021 年起，環京地區的幾個城市房價一直在跌。有賣二手房的免費送房，接手人只要承擔剩餘貸款。售樓處在降價促銷，每平方米降到 8 000 元，買房贈送停車位。這麼大的優惠人們都在觀望。據說，有位男士在 2017 年用 190 萬元買房，跌了 50 萬元，現價 140 萬元，這讓他不知如何是好。

我們看看，環京地區的房價是如何漲上去的。2014—2015 年的房價是 7 000~8 000 元 / 平方米，2016—2017 年的房價飆

升到 2.4 萬元／平方米。受京津冀計劃的利好影響，人們憧憬着離北京近的城市房價會上漲，於是大量炒房資金流向房地產，導致那裡的房價飆升。

環京地區的房價為何下跌？2017 年 3 月，我國政府開始對樓市進行嚴格調控，那裡的房價下降了 4 年，有些項目價格回到了原點每平方米 8 000 元左右。現在房價為何下跌？因為房子供給多，賣房人越來越多，房地產企業想賣房，炒房客想賣房，投資者想賣房，大家都一窩蜂地賣房。買房人心想：也許明天房價會更低。於是大家都在持幣觀望，這導致房價越賣越低，賣房者都想儘快把房子賣出去，把燙手的山芋轉出去。這裡房價下跌不是一家公司，而是普遍現象。

綜合分析看，很多人投資房產都是非理性的，他們買漲不買跌，越漲越買，越跌越不買。於是，這裡的房價漲也漲過頭，跌也會跌過頭。由此出現了負資產。

甚麼是負資產？舉例來說，有人花 200 萬元買房，首付 40 萬元，銀行貸款 160 萬元，房價跌到 100 萬元，賣出房產後還欠銀行 60 萬元，自己虧掉了首付，欠銀行的 60 萬元就是他的負資產。

所以，人們在買房時一定要看自己是否有還款能力，能不能扛過一個經濟週期。當失業沒工作時，房貸還得上嗎？當房

價下跌時,我能扛多久?

目前房價向下,這是擠泡沫的過程,它有利於房地產市場的健康發展,但對買房、賣房、炒房、建房的人來說,卻是一個痛苦的過程。環京地區房價下跌,剛需買房的人不用難過,房子是用來住的,價格高低都要住,考慮到通貨膨脹,總比放着錢要好;對投資房產者來說,注意別在高點接盤;對炒房客來說,靠炒房賺錢的時代已過去,要好自為之。房價已逼近低點,房地產企業要看清大勢,房子不是總能讓人賺錢,也不會讓人一賠到底。

我國房價誰說了算

2022 年,各地政府都在出台利好政策,放鬆對樓市的限制,但人們不再搶着買房了,剛需者也不敢買了。對樓市走勢我們該怎麼看?我國房價誰說了算?

我國房價下跌,誰最緊張

最緊張的有地方政府、商業銀行、房地產商、貸款買房者等。地方政府擔心房價下跌,土地賣不出去了;商業銀行擔心

開發商和購房者的房貸還不上；貸款買房者擔心負資產。如果房地產出問題，那就是全社會的大問題。房地產牽一髮而動全身。土地出讓金是地方政府和中央政府財政收入的一部分。房地產上連銀行，下連建築商，還有房產的生產和銷售，更連着普通百姓的住房。建房需要鋼材、木材、水泥、家裝、家電、傢具等。

買房和賣房是一種市場行為，房價有漲就有跌。但中國房地產市場特別奇怪，漲了很多年，給普通人留下的印象是：買了房就會漲，不買房就吃虧了。過去我國房地產很任性，就像一匹脫韁的野馬，房價停不下來。但現在怎樣刺激都起不來。究竟是房價過高，還是購房者信心不在了？

地方政府最不希望房價下跌，卻又擋不住房價向下

有人說，如果沒有政府對房價的干預，我國房地產泡沫早就破了。其實，政府干預只是延遲了泡沫破裂的時間，但改變不了方向。任何東西價格漲過了頭都會跌回來，只是時間早晚的問題，反之亦然。

有人問，房價是政府調控好，還是讓市場自由波動好？應該說，房地產市場有一隻「看不見的手」，是價格機制在起作用。當房子供不應求時，買房人多，賣房人少，房價就會上

漲；當房子供過於求時，賣房人多，買房人少，房價就會下跌。政府調控只能短期影響房價，但不能決定房價。房價究竟誰說了算？是買賣雙方說了算，供求決定價格。房價便宜了，有人買，房價貴了，有人賣。這就是市場經濟，房價最終由供求決定。

買漲不買跌

經濟學上所說的需求，是指有支付能力的需求，在中國想買房的人很多，但有沒有錢才是買房的關鍵。眼下房價下跌，是人們沒錢買房，不看好房價走勢不敢買，還是想等房價再跌點兒再買？買房人的心理是買漲不買跌。房價越漲越追，越跌越不買。這已被國外實踐證明，2007 年美國「次貸危機」引發的房地產泡沫破裂就是例證。眼下我國政府要做的就是通過各種手段改變人們對房地產的預期，讓人們看到希望，這樣才有可能救市。

為了讓房價穩下來，地方政府出台了很多政策，現在看來有困難。因為當人們形成一致預期時，不管怎麼刺激他們都不會心動，也不會投資。如果擔心明天房價會跌得更多，今天人們就不會買房，也不會投資。誰不怕自己的錢遭受損失？這就是我國房地產的現狀。當房價跌到一定程度的時候，有人就會

接盤，因為買房變得合適了。

房地產泡沫破了誰買單

（1）我國居民財富 70% 都在房產上，房價下跌直接影響居民的財產性收入。還有貸款買房者，房價下跌還不上銀行貸款，就會變成負資產。

（2）銀行買單。房地產商賣不出房子，欠銀行的錢還不上，這筆錢就變成銀行的呆壞賬，銀行利潤減少，金融系統就會出現風險。

（3）地方財政 40% 以上靠賣地收入。賣不出房子，土地出讓金減少，地方財政難以為繼。

（4）賣不出房子，房地產商不敢拿地，不敢建房。消化房產庫存需要時間。

（5）房地產是我國一大支柱行業，房地產一旦出了問題，失業問題就會更大。

基於以上這些，我國政府對樓市進行了嚴格的宏觀調控，不讓投機者炒房，就是不讓房地產泡沫破裂，防止出現金融風險。現在我國房價這麼低，貸款條件這麼好，人們怎麼不買了？核心問題是預期不好，所以，改變預期是政府的當務之急。

房子賣不動，為甚麼還限購

2022 年 5 月，南京放開「二手房限購」政策，兩小時後消息被刪除；同月，武漢經開區發文全面取消限購政策，一天後消息就從官方微博上消失。之後蘇州、青島也經歷了一次放鬆限購「一日遊」。很多人不解，當下房子這麼難賣，貸款利率一降再降都沒人買，為何政府還要小心翼翼地限購？

2022 年一季度，全國已有 60 多個城市放鬆限購，以三線、四線城市為主，全國三線、四線、五線城市大多解除了限購和限貸政策。二線城市也在逐步放開，如福州、瀋陽、大連、寧波、佛山、東莞等很多城市都在分輪分次放開，每次放開幾個區，就像剝洋蔥一樣，一層一層地。但為何南京、武漢、蘇州和青島的放開限購會受阻？

有人說，就目前二線城市放開限購的效果看，成交量並沒有甚麼起色，房價照樣跌。一些熱門城市繼續放開限購，如果賣不動，那就會嚴重影響國民對樓市的信心。所以，對一些熱門城市來說，「限購」兩個字不能輕易撕掉，只要不撕掉，人們對這座城市樓市的信心就還在，對中國房地產的信心就還在。

真是這樣嗎？房子能否賣出去，究竟由甚麼決定？答案是價格。假如北京房價跌到每平方米 1 萬元，你買不買？你借錢也要買。房價由甚麼決定？答案是供求。供不應求，房價漲，供過於求，房價跌。我國房子當下供過於求，房價一降再降也阻止不了房價下跌，頂多只能讓房價跌得慢一點兒。

我們來看城市，一線城市和部分新一線、強二線城市的房子，隨着人口流入仍然供不應求；而普通二線和三線、四線、五線的房子，隨着人口流出普遍供過於求。這也是小城市的房子「鶴崗化」，大城市的房子「香港化」的原因。

「限購」扮演着甚麼角色？顧名思義，限制購買就是調節需求。

三線、四線、五線城市為何可以放開限購？因為房子供過於求，賣不出去，再限購等於繼續壓制需求，更賣不動了。

強二線和新一線城市，為何放開限購要小心翼翼？因為有些城市的房子仍然供不應求，很多人都躍躍欲試準備買房，但限購不讓買。如果不這麼做，資金會大量流入該城市，其他城市的房子更賣不動了，財政會更困難。如果北上廣深和新一線、強二線城市全部放開限購，其他城市的房子還怎麼賣，誰來接盤？沒有了賣地收入，這些城市的地方財政又該怎麼辦？從全國一盤棋考慮，這是謹慎放開限購的根本原因。

如果大城市放開限購，有可能讓炒房者死灰復燃，非理性地推高房價。中國的人口流動遠未結束，未來還有很多年輕人要到強二線、新一線城市購買剛需房，房子是用來住的，而不是用來炒的，這個紅線不能逾越。

房子賣不動，為甚麼還限購？因為限購的是很多城市「賣得動」的房子，而放開限購是從全國一盤棋考慮，就是讓賣不動的房子也能賣得動。

買房該注意甚麼

那麼，剛需一族在買房的過程中該注意哪些問題？

第一，現房遠比期房好。甚麼是現房？現房是已蓋好，可以去現場看房，當時就可以買下的房子。期房是還沒蓋好，先交錢，幾年後才能拿到的房子。如果買房時有現房和期房供選擇，你該怎麼選？建議是：有條件一定選現房，儘量別選期房。為甚麼？一般期房在預售時，開發商會給你看一個樣板間。樣板間你很滿意。但等收房時，無論開發商把房子蓋成甚麼樣，你都只能照單全收。如果你買的期房是一個爛尾樓，開發商沒錢繼續蓋樓跑路了，房子的交付就會遙遙無期。期

房的不確定性太大，如果你買的是品牌地產商蓋的房子可能會好點兒，它們往往不會因為一個項目做砸了而影響後面的項目。

第二，貸款遠比現金好。買房為何要貸款？有人說，等我存好錢後再買房不行嗎？靠你的工資，無論怎麼存錢都買不起房。因為工資上漲速度趕不上房價上漲的速度。中國很多人一直是存錢買房，可一直沒買上房子，因為通貨膨脹。

貨幣是一國政府印的，不夠了可以加印。土地不夠不能加印，資源不夠不能加印，房產不夠也不能加印。買房可以不升值，但它能跑贏通貨膨脹。所以，買房找銀行貸款是合適的，貸款利率就是那年的通脹率。用今天的錢還昨天的貸款是合適的。但貸款買房一定要考慮自己的還款能力。

第三，早買比晚買好。20 年前，如果你有 10 萬元，以甚麼方式保留到今天最划算？是存款、買電視冰箱，還是買汽車？很顯然這些方式都賠了。錢在貶值，房子可以保值。房子是一種特殊商品，可以居住，可以出租，還可以抗通脹。如果你有錢，房子早買比晚買好。

總結一下，現房遠比期房好，因為看得見；貸款遠比現金好，可以防通脹；早買遠比晚買好，因為工資追不上房價。

大城市香港化，小城市鶴崗化

在中國，香港曾是洋氣的代名詞，現在也是國際化最充分、房價最高的超級城市之一。而鶴崗，這座黑龍江東北部的小城，曾被稱作「東北煤都」，現在卻成了衰退型城市，其房子現在是白菜價。那裡遍地都是幾百元一平方米的二手房，誰能拿出 5 萬元，房子可以隨便挑。現在我國越來越多的大城市開始香港化，而數不清的小城市開始鶴崗化。

我國大城市香港化體現在很多方面，比如國際化、人才引進、發展金融業等。

香港房價冠絕全球，每套均價 900 萬元。香港的普通住宅很小，20~30 平方米的房子比比皆是，有的不足 20 平方米，被稱為「納米樓」。

現在，內地一線城市也出現了香港這種趨勢。廣州有 65 平方米的 3 室 2 廳；北京、上海有不足 20 平方米的公寓；深圳近日推出了一個保障性住房設計競賽，要求設計的戶型最小僅 12 平方米，還要有牀、桌子和獨立的衛浴。

出現這些小戶型的原因是，現在有太多只能租房的年輕人，僅北上廣深就有超過 4 000 萬人租房，深圳的租房率高達 77%。如果能擁有一套自己的住房，哪怕只有 20 平方米也能安心。

再來看我國的小城市鶴崗化，主要是人口外流和房價低迷。

根據第七次全國人口普查的數據，2010—2020年，我國有8座城市人口減少了100萬，有15座城市人口減少了1/5，最嚴重的是吉林四平，10年間人口減少46%。東三省、山西、內蒙古、甘肅的人口在淨減少。東三省只剩瀋陽、長春、大連這三座城市人口在淨增長。

對房價來說，地處偏遠、經濟落後的城市前景黯淡，但令人意外的是，經濟發達地區的小城市，房子也開始鶴崗化。比如，大灣區的肇慶和韶關，合肥旁邊的淮南，那裡的二手房出現了總價不足10萬元的情況。更嚴重的是環京地區，房價在上一輪暴漲後開始了暴跌，跌幅高達60%，每平方米五六千元的比比皆是。

這是為甚麼？本質上，還是人口流動導致的。大城市有更好的就業機會、教育醫療條件，尤其是在高鐵普及後，人員的城際、省際流動越來越方便，小城市的人流向大城市。這符合發展規律，比如2021年，東京、大阪、名古屋三大都市圈居住了日本75%以上的人口，日本9成以上的大型企業也位於那裡。而其他城市漸漸成了空城，有日本學者推算，到2030年日本會有近900個消亡城市。

大城市香港化、小城市鶴崗化。大城市適合打拚，卻壓力

巨大，一房難求；小城市生活成本低，但沒有事業發展的空間。對我們來說，選擇去哪裡工作，就等於選擇了哪種人生。

金融危機時，持有現金還是持有房產

從過去幾十年的情況看，大概每 10 年全球就會發生一次金融危機。在金融危機發生時，很多人都在糾結，到底是持有房產，還是持有現金？

先來了解一下金融危機發生的基本規律。金融危機本質上屬於流動性危機，流動性緊缺造成銀行、信貸、貨幣、大宗商品等各種危機。比如，2008 年金融危機主要是由房地產泡沫導致債務違約引起的。之前美國連續多年低利率，刺激居民貸款買房，不斷加槓桿，房價水漲船高。之後央行連續加息，增加了購房壓力和成本。買房人還不上貸款開始斷供，拋售潮加劇了房價下跌，形成惡性循環，導致美國金融危機的發生。當危機發生時，風險資產遭到拋售，大量資金流向避險資產，導致市場流動性緊缺，造成恐慌，進而加劇拋售。所以，在金融危機發生時，持有現金至關重要。

第一，擁有現金，可以避免現金鏈斷裂。在金融危機發生

時，銀行會收緊信貸，從銀行借錢的難度變大，貸款人有可能面臨銀行收回信貸的風險。無法從銀行借到錢，資金鏈就會斷裂。資金鏈一旦斷裂，房貸還不上、員工的工資發不出，就會很危險，所以手裡要有現金。

第二，擁有現金，可以趁金融危機抄底。金融危機都會伴隨着資產暴跌，各國推出寬鬆的財政和貨幣政策救市，刺激經濟發展。市場流動性一旦增加，社會投資恢復，資產價格就會逐漸增長，在價格暴跌時抄底，就可以獲得豐厚的利潤。

例如，2020 年新冠病毒感染疫情發生後，全球經濟受到影響，資產價格在短期內先是迅速暴跌，緊接着，多國推出寬鬆的貨幣政策，市場流動性迅速增加。從 2020 年下半年開始，股市、基金、期貨、礦產品、原材料等價格都出現大幅增長，在那時抄底，基本上能獲得 50% 甚至 100% 以上的收益率。

當知道手持現金的重要性後，你有房產要拋售嗎？

首先，如果你只有一套房產，是拿來住的，建議你留着。房價下跌對你來說沒有太大的影響，不管房價高低，你都得有房住。

其次，假如你投資了多套房產，可擇機出手。持有多套房產的人可以在金融危機前賣出，在金融危機後買入。金融危機中最恐慌的時候，也許就是抄底的最佳時機。假如你在金融危

機前期出售資產，持有現金的優勢就體現出來了，因為危機後股票、房子、各類剛需資產的價格都下跌了。

高位套現，低位買進，說起來很輕鬆，實際操作卻非常困難，需要精準預測高點和低點，稍有不慎就會損失慘重。如果對趨勢不能做出準確的判斷，那麼你還是不動為好。

總結一下，當金融危機來臨時，無論是房子還是現金，都存在很大的風險，持有現金最為關鍵。金融危機來臨，並不是某一類資產縮水，而是所有資產都在縮水。作為普通人，你不能改變大勢，但可以改變自己，任何危機都潛藏着機會。

誰該為爛尾樓買單

2022 年，買房人因為爛尾樓拒不還銀行貸款，這事鬧得沸沸揚揚。錢交上去了，卻拿不到房，每月還得還銀行貸款，買房人不幹了。究竟誰該為爛尾樓買單？

爛尾樓是指房子沒封頂，各項基礎設施都沒建好，裡面不能住人，不能交付使用的樓盤。但銀行要求按揭人必須按月還貸，由此產生了糾紛。何謂期房？買房人和開發商簽訂購房合同，先交幾年錢，之後拿房，所以這也叫預售房。購房者錢不

夠，可以找銀行按揭，跟銀行簽一個借款合同。銀行把錢貸給買房人，買房人陸續還上這筆錢。但現在，開發商建的房子變成爛尾樓，不再施工或者停工了，房子不能按時交付。

這事誰受益了？銀行把業主貸款的錢給了開發商，這筆錢是買房者的債務。首先受益的是房地產開發商。其次受益的是銀行，銀行可以旱澇保收，出了問題，銀行找貸款買房人追債。此外，購房者沒有得到房子，每月還得還錢給銀行，買房人覺得吃虧了。

爛尾樓是誰的責任？

第一，開發商有責任。開發商拿到錢沒有建好房子，出現爛尾樓，就該因違約受到懲罰。第二，銀行有責任。開發商找銀行貸款是有抵押品的。抵押土地可以拍賣，用來還上買房人的錢。第三，監管部門有責任。一個地產項目可以預售，必須五證齊全，抵押給銀行才能獲得房貸，專款專用，銀行沒有監管好資金的用途，那麼政府監管部門的責任哪去了？

如果是開發商資金鏈緊張，導致爛尾樓出現，銀行該考慮在風險可控的條件下給企業提供流動性，而不是一味卡死。否則爛尾現象會更加嚴重。開發商也不可以一跑了之，用破產來解決問題，要知道這些開發商在銀行是有抵押的，是要受到懲罰的。

貸款買房者為自己爭取權益，一定要在法律層面上遵守合同。爛尾樓對買房者是個體損失，但每個人都要為自己的投資行為負責任。

人們最喜歡聽到買單的是開發商、銀行、政府，這會讓人感到皆大歡喜。殊不知，讓開發商買單，它可能會破產；讓銀行和政府買單，就是讓全國人民共同買單。為甚麼這樣說？因為銀行的錢是儲戶的錢，政府買單就會引發通貨膨脹，而通脹就是讓全國人民買單。

但大多數人既沒有買房，也沒有炒股，甚麼都沒做，為何要讓他們買單？這對他們公平嗎？誰有責任就處理誰，懲罰誰。開發商、購房者、銀行、監管部門、地方政府都應當各擔其責。

房貸要不要提前還

在多個社交平台上，年輕人「提前還房貸」成了熱議話題，很多人還分享了提前還房貸的經歷。在他們看來，提前還貸可以節省大筆利息。但也有人認為，在通貨膨脹下，未來還貸壓力會越來越小的，所以提前還貸就是給銀行「白送錢」，是短視行為。

為何現在年輕人選擇提前還房貸？

首先，房價普漲情況不存在了。2022 年一季度，全國平均房價為每平方米 9 552 元，與 2021 年全年的 10 141 元相比下滑了 5.8%。數據顯示，4 月住房貸款減少 605 億元，同比少增 4 022 億元。現在的房價已沒法和過去相比。之前是一線城市暴漲，新一線和省會城市隔幾年就會加倍，但現在，一線城市核心位置的房子依舊有價值，但絕大多數人依然買不起，三線、四線城市便宜了，又沒有多少人敢去買。樓市漲價的預期被打掉了，買房人少了；一些投資者得不到滿足，也不會輕易出手；之前買房的人開始權衡貸款成本，提前還貸。

其次，金融市場風險較大。2022 年股市大幅波動，很多投資者損失慘重，虧損 20% 是正常的，虧損 50% 也不少見。就連一向保本的銀行理財都開始虧損了，投資者想存銀行，但銀行下調了存款利率，收益率想超過 4% 都難。銀行房貸利率大部分都超過 5%，既然如此，為何不把手裡的錢拿來還房貸呢？少付銀行利息，相當於賺了。

基於以上兩個短期現實情況，提前還房貸也是對的。但如果你有閒錢，還在觀望，或者無法提前還貸，也不要覺得自己吃虧了。剛才說的兩點都基於當前處於經濟週期底部的情況，是由人們的恐慌情緒和對未來預期的不確定性導致的，但疫情

終究會遠去，經濟也會恢復常態。

目前，房貸可以貸 30 年，這是普通人能貸到的最長時間的大額低息貸款。試想一下，30 年前你買一套房，那時月供 1 000 元都可能壓力巨大，但現在呢？1 000 元在一線城市的市中心就是和朋友吃幾頓飯的錢。30 年的變化是你的收入增長了不少，但錢也極大地貶值了。

也有人說，未來錢也會貶值，但房產未必會升值，甚至現在房產已經開始貶值了。這裡需要考慮的是，在錢和房子都貶值的情況下，哪個貶值更多？明白了這些，就能理解現在沒提前還貸的人也不會吃虧。尤其是一些人買房用的是公積金貸款，大部分城市公積金貸款的利率都比較低。從長期看，這一投資更值錢。

面對短期的不確定性，手裡有一些閒錢，選擇提前還房貸或者還部分房貸是可以的。如果從 30 年的長週期來看，當下的經濟寒冬是暫時的，保持充足的現金流，等待黎明的到來，那時再做選擇也不晚。

第 **8** 章

如何度過
經濟寒冬

政府救市，可以發錢嗎

為了穩住經濟大盤，2022 年 5 月，政府準備拿出 12 萬億元刺激經濟，其中很多項刺激措施都相當全面。但政府是否想過，用直接發錢的方式也能刺激中國經濟。

政府發錢是刺激投資好，還是刺激消費好？如果拿錢刺激投資，會達到效率最大化；如果直接給國人發錢，會達到效用最大化。刺激消費也可以帶動投資，帶動經濟發展。

怎樣救市見效快？用基建拉動需要的時間鏈條太長，給老百姓直接發錢，人們拿到錢就可以去消費，這個拉動作用迅速且實惠。直接發錢馬上就能拉動經濟，這裡有一個經濟學原理：一個人的消費，構成了別人的收入，循環往復下去，花出去的 100 元最後變成 1 000 元，這是消費乘數原理。

政府應該直接發錢給誰？應該發給低收入者，下崗失業

者，這筆錢發給他們能達到效用最大化。經濟學裡有邊際消費和邊際儲蓄的概念，給低收入者一元錢花了，給高收入者一元錢存了，前者是邊際消費，後者是邊際儲蓄。這錢究竟該發給誰？當然應該發給最需要的人，這樣效用才能達到最大化。可是由於無法分出誰是窮人，誰是富人，世界各國在發錢刺激經濟時，無論窮富都發。

有人擔心，直接發錢國人不花存起來怎麼辦？政府也可發放消費券，讓人們去購物。政府的錢取之於民而用之於民。發錢對拉動經濟的效果最直接。

需要測算一下，我國的消費乘數有多大。如果乘數是 3，發出 1 萬億元，會帶來 3 萬億元的消費，發出 2 萬億元，會帶來 6 萬億元的消費。讓大家花錢，經濟增長就有希望了。我國現在問題是消費不足，供給過剩。因此，刺激消費很重要。

美國救市用的就是這一招兒，2020 年給每個國民發 1 200 美元，2021 年發了 2 000 美元，讓人們花錢，經濟就拉動了。我國新冠病毒感染疫情防控取得了巨大成就，如果再把經濟搞上去，用直接發錢或消費券的方式解決消費問題，拉動經濟，最後受益的是國人和整個中國經濟。

回顧一下歷史，20 世紀末我國經濟形勢不好，國企轉制帶來一大波下崗潮。經濟很冷，政府先拿出幾千億元刺激投

資，想用四兩撥千斤，結果四兩花了，千斤沒出來；又拿出 1 000 億元給公務員加薪，發現大家把 1 000 億元存起來不花。最後政府說：「我國生產過剩了，生產出來的東西放在庫房裡，壓着銀行的貸款，工人都不用生產，放假回家吧。」

2000 年五一勞動節放了長假，沒想到國人都外出旅遊了。可見，不是國人不花錢，而是國人沒時間花錢。從此以後我們開始放長假，於是有了後來五一和國慶的長假。這就是我國「假日經濟」的由來。現在我國消費不足，也許不是國人不願意花錢，而是國人沒錢花了。政府直接發錢具有強制消費的作用，百姓又何樂而不為。

最近，看到我國某大城市推出多項刺激經濟的計劃，其中就有買一輛車補貼 2 萬元，買一個電器補貼 2 000 元，這個刺激政策雖好，但很多人沒有錢買車，也沒錢買電器。這些人拿不到政府補貼，這公平嗎？政府負責公平，市場保證效率。

眼下我國有那麼多人失業，政府可以考慮發放失業救濟金。每人一個月發 1 000 元夠吃飯就行，有人擔心這樣會養懶漢，其實，在國外人們都不願領救濟金，都希望有工作。暫時找不到工作的人，政府該負起責任。政府解決的是再分配。我國經濟發展這麼快，是為了讓國民富裕起來，這是我國共同富裕的目的。

國家為何要救汽車行業

在汽車行業供需兩弱的局面下，一場從中央到地方的救市已經開始。

2022 年 5 月 23 日，高層會議決定，階段性減徵部分乘用車購置稅 600 億元，決定從 6 月 1 日起到 2022 年底，對單車價格（不含增值稅）不超 30 萬元的 2.0 升及以下排量乘用車，減半徵收車輛購置稅。之前汽車購置稅為 10%，減半徵收即購置稅降為 5%。以一輛單價 10 萬元（不含增值稅）的車為例，購置稅由 1 萬元降低為 5 000 元，可節省 5 000 元。此外，各地還接連出台汽車補貼政策，不僅對新購車、舊車置換給予真金白銀的補貼，全國還全面取消符合國五排放標準的二手車限遷。這意味着二手車流通的範圍更大了。

國家為何要下大力氣促進汽車消費？因為汽車行業是我國經濟的支柱型產業。據統計，2022 年汽車類零售額佔整個社會消費品零售總額的 10.4%，佔 GDP 比重超過 4%。如果考慮汽車產業上下游拉動的鋼鐵、機械製造、能源、金融等行業，汽車及其相關產業估算佔 GDP 比重在 15% 以上，對帶動就業意義重大。根據商務部數據，一個汽車產業崗位至少可以帶動

相關產業 7 個就業崗位，每賣出一輛車可以拉動近百人的就業。所以，汽車工業有工業製造業的皇冠之稱。衡量一國製造業是否強大，汽車工業是最重要的指標。汽車工業的產業鏈門檻相對更低，更利於中小企業進入該行業，帶動經濟發展。

2022 年以來，受外部因素的衝擊，全國汽車產業面臨前所未有的壓力。尤其是 3 月以來，吉林、上海等汽車工業重鎮受到影響，相繼停工停產，隨之引發的供應鏈危機迅速蔓延至全國。4 月，我國汽車銷量同比、環比呈現腰斬態勢，銷量跌破 120 萬輛，為近 10 年來同期月度新低，其中商用車銷量同比下降 60.61%。面對這種狀況，各級政府出台了一系列政策促進汽車消費，影響的不只是銷量和利潤，而是整個國家的經濟和社會穩定。

如此大規模救市，上一次是 2008 年。當時國家層面也推出了購置稅減徵和汽車下鄉政策，2009 年乘用車銷量突破千萬輛，達到 1 033 萬輛，同比增長 53%，超越美國成為全球最大的汽車市場。2022 年雖然政策力度更大，但受外部因素影響，很多行業受到波及，很多人收入下降，加上 2022 年油價不斷上漲，新能源車的價格不斷上漲，可能除了一些剛需消費者，更多的人很難改變觀望態度。整體來說，這一輪真金白銀的補貼對消費者來說是件好事，也希望在這些利好政策的影響

下，作為我國支柱型經濟的汽車工業能快速恢復發展。

5 家央企巨頭從紐交所退市

2022 年 8 月 12 日，一個重磅消息傳來，我國 5 家央企巨頭將從美國紐交所退市，包括中國石油、中國石化、中國鋁業、中國人壽、上海石化。這幾家公司發佈公告，將啟動從紐交所退市的程序。中國證券監督管理委員會同時表示，上市和退市都屬於資本市場的常態。

我國 5 家央企為何退市？

首先跟中美兩國的現狀有很大關係。美國一而再、再而三地違背承諾，挑戰中國的核心利益，阻撓中國的發展和統一，中國被迫自衛反擊。這 5 家央企退市是繼台海軍演後，我國表明強硬態度的又一大信號。

事情是這樣的，美國在 2021 年推出了《外國公司問責法案》，這個法案規定，只要在美國上市的公司就要交出公司的全部底牌。這 5 家央企是關乎我國經濟命脈的公司，如果把底牌和盤托出，美國一旦掌握了其中的關鍵信息，就可能影響我國的經濟和國家安全，所以 5 家公司主動從美國退市。

其實，從 2022 年 3 月開始，一些中概股就陸續被美國證券交易委員會列入「預摘牌名單」。截至 7 月底，已有 159 家中概股被列入預摘牌名單。不到半年時間，超過半數的中概股都被列入該名單。上面這 5 家公司已在「預摘牌名單」中。現在這 5 家公司宣佈從紐交所退市，是一種主動的策略選擇，是在為未來更大的不確定性做好準備。

雖然這 5 家公司在美國上市的總市值並不大，但美股上市的中概股總市值約 1.8 萬億美元。如果這些公司都退市，美國投資者的損失將十分慘重，他們可以選擇的公司不多了，尤其是有增長潛力的中國績優股。

早在 2021 年，美國就對我國三大電信運營商中國移動、中國聯通、中國電信進行打壓，說摘牌就立刻摘牌，沒有任何猶豫。這次 5 家公司選擇主動出擊，就是不想被美國拿捏。

我國在美國上市的企業包括互聯網、金融、能源和新能源、資源類的企業，這些公司在行業內都具有一定的代表性，一旦被摘牌影響的不僅僅是企業，很可能是一個行業、一個產業，甚至對我國的資本市場也會造成影響。

央企從美國退市是一個雙輸結局，一方面中國少了一個良好的融資渠道，另一方面美國也失去了從中國獲利的渠道。美國這樣做是搬起石頭砸自己的腳。中美證券合作這件事，本質

上是美國獲利更多。現在美國切斷了這麼好的資金來源，這會造成美國資本市場的信用危機。

目前，已有一半以上的中概股被列入「預摘牌名單」，這已是中美之間的金融戰了，是美國對中國打出的又一張牌，美國想在金融上卡死中國，讓中國公司在美國的資本市場拿不到融資，但美國投資者也買不到中國股票，不能分享中國公司的紅利，也分不到中國經濟增長的蛋糕，這是一個雙輸的結局。

縱觀歷史，2018 年美國發起了貿易戰，給我國出口企業加徵 25% 的高關稅，至今美國都沒有贏。加稅讓美國國民買單了，導致美國通脹控制不住。若美國一直跟中國過不去，美國的日子也不好過。試問，如果沒有中國出口到美國的商品，美國人能如此舒服地活下去嗎？產業鏈斷裂會給美國帶去甚麼？在芯片上，美國卡我們；在貿易上，美國徵收高關稅；在金融上，我國央企帶頭從美國退市。

美國以為中國企業離了美國資本市場就不能存活，它想錯了。我們不在美國的資本市場融資，可以選擇在其他資本市場上市融資，但央企退市對美國資本市場是一個巨大的損失。美國不擇手段地打壓中國，是怕中國強大起來。對美國的卑劣行徑我們不得不防，俄羅斯的前車之鑑也讓我們不得不吸取教訓。

存錢越久，利率越低

　　錢存在銀行越久，利率越低，如此反常的現象在中國金融市場上非常罕見。以前我們去銀行存錢，存的時間越長，銀行越高興，給的利率越高。但 2022 年以來，包括工、農、中、建在內的四大國有銀行、部分股份制銀行和城市商業銀行都出現了長期存款利率「倒掛」現象。所謂「倒掛」，就是期限長的存款利率比期限短的利率還低。比如，很多銀行 3 年期存款利率為 3.15%，5 年期存款利率僅為 2.75%，這明顯是利率倒掛。

　　為何會出現利率倒掛？

　　銀行主要的盈利方式是吸收儲戶存款，放貸給需要用錢的企業和個人，賺取利息差。

　　2022 年國內經濟形勢面臨較大的下行壓力，國家鼓勵金融機構對實體企業降低融資成本。過去一年來，央行引導 1 年期和 5 年期貸款基準利率多次下降，為此，銀行對這些企業的貸款利息有所下調。銀行也是企業，也想盈利，貸款利息下降，存款利息也要下降才能盈利。現在出現利率倒掛，就是銀行預期未來存款利率還會下降，如果長期存款利率過高，相當於把高成本負債提前鎖定，這樣銀行就賠了。為了降低成本，

銀行只能降低存款利率。

這也是在引導市場資金預期。現在居民的存款意願持續上升。根據央行數據，2022 年 5 月人民幣存款增加 3.04 萬億元，同比多增 4 750 億元。在存錢人變多的同時，信貸增幅卻非常慘淡。2022 年 1 月至 5 月，企業中長期貸款同比收縮超 1 萬億元，即同比增幅為 -17.5%，表明企業長期借貸投資的意願較差。存款意願更高，貸款意願卻在走低，這對銀行盈利構成挑戰，所以銀行選擇降低長期存款利率也順理成章。

此次 3 年期和 5 年期存款利率倒掛，加上 2022 年 4 月央行確立存款利率市場化機制，再次說明我國利率中長期走低的趨勢。這一趨勢對普通百姓最直接的影響，一方面是銀行理財產品、銀行存款及貨幣基金等固定收益類理財產品的收益率會下降；另一方面，作為百姓貸款的大頭，房貸利率也會下降，月供還款金額會隨之下降。

從長遠看，利率下行，甚至負利率已經出現在很多發達國家，對中國來說負利率可能會遲到，但不會缺席，只是時間早晚的問題。

作為普通老百姓，要在存款觀念與投資理財方式上及時轉換，在投資理財方面有自己的應對方案，在低利率時代儘量減少自己的損失。

我國利率又降了，錢還存銀行嗎

2022 年 4 月，多家銀行把 2 年期、3 年期的定期存款年利率分別下調 10 個基點，從 9 月 15 日起，包括六大國有銀行在內的多家銀行，再次下調多種期限的定期存款利率。其中，3 年期存款利率下調 15 個基點到 2.6%，其他期限存款利率下調 5~10 個基點，已經跌破 2%。也就是說，假如你有 10 萬元存款，利率下調後，3 年定期存款利息比下調前少賺 450 元，1 年定期存款比下調前少賺 100 元。至此，銀行存款利率已處於最近幾十年來的最低水平。

2022 年銀行為何持續下調存款利率？

銀行利率與一國經濟增長有關

在經濟高速增長期，不管是企業還是個人，賺錢動力足，資金需求量大，供不應求。國家為防止經濟過熱，會採取緊縮性貨幣政策。比如，提高基準利率，推高存款利率。反之，當經濟處於下行期，錢投到哪兒都不怎麼賺錢時，資金需求量減少，供過於求，國家為了刺激經濟，會採取寬鬆的貨幣政策，降低基準利率，帶動存款利率的下降。

2022 年受大環境影響，企業投資意願下降，居民消費意願偏弱，資本市場反覆震盪，更多人將資金轉移到存款上，推動了 2022 年銀行存款規模的上升。截至 8 月末，人民幣存款餘額約為 252.4 萬億元，同比增長 11.3%，而 2022 年上半年社會消費品零售總額僅為 21 萬億元，同比下滑 0.7%。居民的錢躺在銀行裡睡大覺，顯然不利於經濟發展，於是國家通過下調存款利率，讓這些錢進入市場，去投資、去消費，以帶動經濟發展。

與政策導向有關

從 2022 年 4 月開始，我國建立了存款利率市場化調節機制，也就是未來銀行存款利率要參考 10 年期國債利率和 1 年期 LPR（貸款市場報價利率）情況。數據顯示，2022 年 9 月，10 年期國債收益率為 2.6%，同比增長率為 -8.4%。1 年期 LPR 於 8 月 22 日下調 5 個基點至 3.65%。當兩者都開始下降時，存款利率下降就不足為奇了。另外，2022 年受國內外大環境影響，我國經濟受到不小的衝擊。國家多次強調，金融機構要支持實體經濟發展，刺激更多消費，至於銀行，就得降低實體經濟的融資成本，也就是降低貸款利率。目前銀行的賺錢模式就是賺取存款利息與貸款利息之間的利息差，如果想讓銀

行的貸款利率進一步下降，就要適當降低存款成本，降低銀行負債成本，這是銀行存款利率下調的目的。

未來我國存款利率會繼續下降嗎？還有必要繼續把錢存在銀行嗎？

從長期看，存款利率大概率還會下降。從發達國家看，利率水平會隨着經濟增速的放緩而下降。而存款利率下降，存款客戶最直觀的感受就是，從銀行拿到的利息變少了。至於是否繼續把錢存在銀行，要根據自己的實際情況判斷。首先，政策調整前的客戶不用擔心，因為這次利率調整針對的是 2022 年 9 月 15 日之後的新增存款，2022 年 9 月 15 日之前辦理的存款仍按照原來的利率執行。其次，新增存款客戶如果可承受風險較小，那就將其中一部分資金存入銀行，雖然利率低但是安全。另一部分資金可以投資貨幣基金、純債基金等產品，這類產品風險較低，收益性與流動性與銀行存款相似。如果可承受風險較高，那就適當增加股票等權益類資產的配置比例。未來我國金融改革的方向會從目前的間接融資向直接融資轉變，國家會大力發展資本市場。

總之，2022 年我國存款利率不斷下行，是為了刺激經濟，普通存款客戶的利益會受損，至於是否繼續把錢存進銀行，一定要結合自己的實際情況去判斷。

銀行為何會變得反常

2022 年以來銀行有多反常？平時總催着人們還款，最近銀行求着人們別提前還款。銀行有延長預約時間的，有升級應用的，有貸款者申請 1 個月沒通過的，甚至有的銀行一度在官網上發文說，如果提前還款，不管已經還了多少年，都得賠償 1% 的違約金。

另一點反常是，以前銀行為了資金安全，一直要求抵押房產必須還清貸款才能過戶，現在多家銀行卻開始力推二手房「帶押過戶」，也就是抵押房產不用還清貸款就可以過戶辦理新抵押。

這兩個反常現象背後藏着的一個事實就是，銀行現在很缺錢。銀行賺錢最重要的手段是利息差。銀行貸款收取的利息高，存款支付的利息低，中間的利息差就是銀行賺的錢。但最近銀行賺取的利息差越來越少了。

2022 年上半年，人民幣存款增加了 18.82 萬億元，貸款增加了 13.68 萬億元，新增存款高於貸款（多出 5 萬多億元），這意味着銀行需要支出更多的利息，收回更少的利息。

究其原因，一方面是人們收入不穩定，擔心哪天還不起月

供，房子被法院拍賣，索性一咬牙把房貸提前還了，無債一身輕。沒有房貸的人也因大環境不好，不敢貿然投資和過度消費，更傾向於儲蓄了。這下銀行就尷尬了，人們來存錢，銀行不得不收，人們不借錢，銀行也不能逼大家借。所以 2022 年上半年，銀行收到的住戶存款增加了 10.33 萬億元，同期住戶貸款只增加了 2.18 萬億元，兩者相差 8 萬多億元。

銀行的反常表現，一方面是銀行開始耍小機靈，為提前還款增添障礙，這樣就能多賺利息；另一方面是銀行開始力推二手房帶押過戶，因為如果銀行不允許帶押過戶，很多人就要提前還貸，再找別的銀行做抵押。

除了這點兒小機靈，當下銀行真正能做些甚麼？

短期辦法就是降息。一方面降低貸款利率，讓個人和企業多貸款。另一方面降低存款利率，不讓大家存錢，最近六大行紛紛降息，3 年期存款利率下調 15 個基點，不想讓儲戶存長期，因為這樣銀行支付的利息會更多。人們不把錢存銀行，錢該放哪兒？貸款便宜，但貸了款幹甚麼呢？

長期辦法就是一個字「等」。等經濟復甦，人們願意投資了，就不會把錢存銀行了，同時他們更願意找銀行借錢，去投資、去創業、去消費。當下銀行要先熬住，可適當增加企事業單位貸款，穩住銀行利息差，待經濟復甦再逐一解套。

地方財政之困

當地方財政沒錢了會發生甚麼？2022 年 8 月，河南某縣城公交公司發佈通告，因經營困難，公交全部停運，一時間引發熱議。第二天該公司又發佈了一條恢復運營的通告。為甚麼會突然停運？相關人員接受採訪時說，之所以經營困難，是因為乘車的人少，有關部門承諾的補貼沒有發放，司機連續幾個月拿不到工資，都是個人在墊付。現在墊付不起了，所以選擇停運。

事實上，公交公司的收入來源很少，只有車票、廣告費和政府補貼，縣城車票 1~2 元，廣告費微不足道，主要靠政府補貼。補貼發不了是因為財政出現困難，能查到最新的數據是 2020 年的，該縣財政收入 12.3 億元，支出卻高達 73 億元。財政自給率約為 17%。地方財政之困，河南這個縣並不是個例。

例如，全國 AAAAA 級景區四川樂山大佛。當地為了增加財政收入，把樂山大佛的擺攤權和觀光車一次性打包，30 年經營權拍賣底價 17 億元。還有山東某縣，當地交通部門出現罰款「月票」，大貨車司機預繳當月罰款後，會拿到一張「月票」，這個月不管如何超高超限，都可享受「暢通無阻」的

服務。為了創收，一些交通部門竟然把罰款當成一門生意。

說到這，別以為當下財政之困只是小城市專屬。2022年上半年，除了內蒙古、山西、新疆、陝西、江西5個能源大省的財政收入實現了正增長，其他26個省市收入同比都是負增長。另外，2022年上半年，全國31個省市財政盈餘都為負，也就是說，財政支出都大於收入，即便是廣東、江蘇、浙江、上海和福建5個經濟發達地區也不例外，由此可見問題的嚴重性。

2022年地方財政為何如此缺錢？

地方財政收入主要靠四項：稅收、非稅收入（行政收費、罰沒收入等）、賣地收入、轉移支付收入。2022年經濟本身就不景氣，再加上國家大力退稅減費，財政收入必然會下滑，但防疫民生支出卻在上升。作為地方財政收入大戶的賣地收入近一年來也熄火了。數據顯示，2022年上半年，國有土地使用權出讓收入約2.4萬億元，比上年同期下降31.4%，地方政府不得不勒緊褲腰帶過日子。

2022年8月，高層召開了一個6個大省關於經濟的座談會，明確要求廣東、江蘇、浙江、山東4個省要完成財政上繳任務。其中就提到擴大汽車等大宗消費，支持住房剛性和改善性需求，等等。

其餘省份怎麼解決財政壓力？一方面是要減少開支。兩年

前，山西一個 12 萬人口的小縣城開始機構改革，36 個黨政機構精簡為 22 個，135 名領導幹部精簡為 114 名，1 964 個事業編制減到 659 個。改革後，縣直部門公用經費支出每年減少 1 050 萬元，財政供養人員工資福利、「五險一金」等支出每年減少 1.3 億多元。

另一方面就是擴大收入。

現在房地產掉頭向下，地方只能靠發債和中央的轉移支付。發債原理和貸款買房一樣，提前透支未來的錢，渡過眼前的難關。截至 2022 年 7 月，各地已累計發行新增專項債券 3.47 萬億元，提前半年就用完了全年的額度。另外，2021 年中央對地方轉移支付約 8.2 萬億元。2022 年中央對地方轉移支付近 9.8 萬億元，是歷年來規模最大的一次。政府要過緊日子的時代才剛剛開始，身處其中的公務員，服務於政府會議、培訓等的相關企業，以及依靠政府補貼生存的企業，都要做好過冬準備，這注定是一場殘酷的時代大洗牌。

警惕罰款衝動

進入 2022 年，老百姓的「違章」突然多了起來。例如，9

月陝西某地商販「賣 5 斤 [①] 芹菜被罰 6.6 萬元」。經調查，2021 年 8 月該商販進了 7 斤芹菜，市場監管部門拿走 2 斤做抽樣調查，剩餘 5 斤賣了 20 元，一個月後檢測報告顯示芹菜不合格，該商販不能提供供貨方許可證明及票據，不能如實說明進貨來源，最終以涉嫌經營超過食品安全標準限量的食用農產品的行為，被罰款 6.6 萬元。還有，黑龍江某地土豆賣 2 元 / 斤被罰款 30 萬元。據報道，一個經營部土豆進價 1.2 元 / 斤，售價從 1.4 元 / 斤漲至 2 元 / 斤，執法人員認為該經營部利用其經營規模哄抬物價，擬對經營者的違法行為處以 30 萬元罰款。

這兩件事引起廣泛關注，這麼低的菜價，這麼高的罰款，這事是真的嗎？由此引發人們對執法部門以罰代管、過度處罰的擔憂。據財政部數據，2022 年 1 月至 7 月，全國稅收收入同比下降 13.8%，但全國非稅收入（包含行政罰款等）比上年同期增長 19.9%。

這兩年經濟下滑，企業收入降低，影響到地方財政收入，再加上賣地收入大幅縮水，地方財政更加緊張，不少地方政府想通過增加罰款為財政創收。從最近公佈的 2021 年 111 個地級市罰沒收入看，80 個城市罰沒收入呈上升態勢，佔比超過

---

① 1 斤 =500 克。——編者注

72%。其中，有 15 個城市罰沒收入同比增長超過 100%。

在減稅降費的背景下，一些地方政府熱衷於罰款，卻沒有想到後果。今天為一點兒蠅頭小利處罰一家企業，明天這家企業就可能關門了。日積月累，當地的營商環境會越來越差，最後形成惡性循環。政府為了增加收入，罰款越來越多，企業越來越少，直到沒有企業可以處罰了，政府收入也就徹底斷了。各地政府要算明白這筆賬：是放水養魚還是竭澤而漁？企業只有健康發展，才能保證地方政府財政充裕。

為了整治地方政府的罰款衝動，國家接連出手。2022 年 6 月 28 日，國家發展和改革委員會就提出，要專項整治亂收費、亂罰款、亂攤派等現象。7 月 21 日國家高層會議指出，為了減輕企業和群眾的負擔，決定取消 29 個罰款事項，用其他方式規範管理。8 月 17 日國家再次明確要求各級政府堅決避免亂罰款，嚴格禁止以罰款進行創收或作為績效考核的指標。

要遏制地方政府的罰款衝動，完善相關法律法規非常有必要，也要增加對地方政府的問責力度，避免這股惡習蔓延開來。在加強監管的同時，要正視地方政府的兩難處境，財政收入大幅下降，涉及民生的剛性支出又無法縮減。想要從根本上減少罰款衝動，還是得想辦法恢復地方經濟發展，保護好企業的生產積極性，只有不斷創造增量，財政才可以正常運轉。

城投債違約潮

最近「城投債」一詞火了。原因是 2022 年 8 月 29 日銀行間市場清算所發佈公告稱，未收到蘭州城投公司一筆應支付的付息兌付資金，導致無法向投資人兌付利息。好在當晚蘭州城投及時支付了利息，最終才被定性為技術性違約，並非實質性違約。看似虛驚一場，但「城投債」卻引起了人們的高度關注。據財新報道，2013 年國內城投債餘額為 2.1 萬億元，到 2022 年 5 月為 13.74 萬億元，漲了 6 倍多。其中有近 6 萬億元是這兩年新增的。蘭州城投公司打個「噴嚏」，人們不禁擔心，城投公司會像房企那樣頻頻爆雷嗎？

城投公司全稱是城市建設投資公司，是政府為搞基建專門設立的企業。比如，修路、修橋、修水利這類工作，讓坐辦公室的公務員去做，他們也不懂，不如專門組建城投公司去做相應的工作，這才更符合效率。

但城投公司大多不具備盈利能力，城市基礎建設項目大多關乎國計民生，以公益性為主。城投公司資金來源主要靠政府補貼和自己籌資。籌資方式有兩種：一是向銀行借錢，二是向市場發行債券。從性質上說，城投公司發行債券屬於企業債，

安全性低於國債，除非公司盈利能力強，否則不容易籌到錢。但城投債的特殊之處在於，它背後有地方政府撐腰。人們心想，城投公司要是還不了錢，地方政府會撥款替它還，再加上城投債的利息不錯，所以人們都願意買。

為何近年來城投公司的債務越堆越高？一個原因是地方政府口袋沒錢了。地方政府收入主要靠甚麼？除了一、二線城市，國內大部分城市都沒有足夠的企業繳納稅收，只能靠賣地給地方發展籌集資金，就是土地財政。2001年，我國土地出讓收入只有1 300億元，佔地方財政收入的17%。但到了2021年，土地出讓收入已經漲到8.7萬億元，佔到地方財政收入的78%，可見地方政府對土地財政的高度依賴。但土地財政維繫的關鍵是，一直得有人買房。如果買房的人少了，開發商就會減少買地，政府財政收入就會受影響，對內影響公務員工資，對外影響公共投入。

2022年上半年，土地財政迎來了「拐點」。全國國有土地出讓收入2.36萬億元，比上年同期下降了31%。地方財政收入減少，對城投公司的撥款隨之減少，這是城投債越堆越高的一個原因。但這只是間接原因，更為關鍵的原因是「債務轉移」。簡單說，儘管政府土地賣不出去，但收入預算已經做好了，如果達不到目標，就會影響資金分配，按照約定就得由城

投公司接盤。

比如，2021年底，廣州黃埔區一塊商務用地被黃埔區城投公司以88億元拿下，但在市場價中，這塊地20億元都很難賣掉。究其原因，也是配合地方政府進行資金周轉。城投公司拿地在全國是一個普遍現象。從省級情況來看，2022年第二季度，城投公司拿地比例較高的省份包括江蘇、四川、重慶、湖北和湖南，其中江蘇高達46%，四川、重慶、湖北也在30%以上。如此高的比例，也能解釋為何城投公司的債務跟房地產公司的債務基本上在一個量級。這種趨勢愈演愈烈，2022年上半年較2021年提升較多的5個省份，增速都在20%以上。

所以，一邊是土地財政難以為繼，城投公司得不到「零花錢」；另一邊是土地財政難以為繼，城投公司不得不幫着地方政府承受債務。這便是當下城投公司債台高築的原因。

2021年已有31起城投公司非標違約事件發生，說明有越來越多的城投公司還不起債了。而眼下全國13萬億元城投債，有2.24萬億元在2022年後4個月到期，有6.7萬億元將在2023年底到期，形勢不可謂不嚴峻。從法律層面講，城投債是城投公司發行的債券，以城投公司的財產為限兌付債務，如果無法償還就只能申請破產，債務隨着破產程序被一同消滅。這是最壞的情況，不僅損害債權人利益，更重要的是動搖政府

的信譽。

　　怎樣才能避免城投債爆雷？一種方法是靠財政補貼，但這是個悖論，政府有錢就不至於有這麼高的城投債了。另一種方法更具操作性，那就是借新債還舊債，發行新的城投債還上到期的城投債，只要不斷有人買就不會爆雷。這是用時間換空間，等到經濟復甦，地方政府從土地財政之外找到新的收入來源，屆時再逐一解套。

中國的突圍之路

　　自 2022 年 8 月初以來，中美關係就進入更為緊張的階段。事實上，回顧過往，美國對中國的遏制已全面打響。尤其是2018 年中美貿易戰以來，美國在政治上，就涉疆、涉港、涉台、東海、南海等問題對中國妄加指責，聯合西方國家抵制北京冬奧會；在金融上，從 2022 年 3 月到 7 月底，超過半數中概股被列入美國證券交易委員會「預摘牌名單」；在供應鏈上，2022 年 5 月，美國總統提出印太經濟框架，想把中國的中低端製造業轉移到印度和東盟，聯合日本和韓國圍堵中國高新科技發展；在科技上，推出《芯片和科學法案》，制定了明確的

排斥中國的細則，斷供芯片設計必需的 EDA（電子設計自動化）工具，打壓中國新能源產業發展。這讓我們看到，中美對抗已成為常態，這將是一個長期過程，對此我們不要抱任何幻想。

美國對中國全方位打壓，覺得中國破壞了現有的遊戲規則，使美國利益受損。在美國人眼中，美國是世界頭號強國，要引領世界，所以高端科技、高薪行業就該一直被美國壟斷。以中國為首的發展中國家就該本分地做好低端製造業，世代給美國和西方國家打工。

中國沒有遵守美國的遊戲規則，還投入人力、物力、財力，進軍高端技術、新能源產業、半導體行業等。上一輪技術革命紅利已經到頭，面對存量競爭，蛋糕就那麼大，世界上高薪工作就那麼多，中國人佔得多了，美國人自然就佔得少了。近幾年來，隨着技術的進步，在美國的一些工廠中，機器取代了人工，失業率提高。美國其實很害怕自己的中低端製造業會被中國碾壓，而在高端科技上，中國又步步緊逼，在一些領域中國已超越美國。對此中國要想繼續發展，吃到更大的蛋糕，就必須做好被美國打壓遏制的準備。

我國年輕人沒有經歷過中國被西方全面圍堵的情況，現在要做好過緊日子的準備。當下國人對中美關係有兩大危險心

態：一是認為美國正在衰退，中國可以輕鬆獲勝，但要知道，瘦死的駱駝比馬大；二是認為美國就喜歡搞事情，對此我們大可不必太在意，只要做好自己的事就夠了。我們說，中美之間的競爭已經白熱化，美國基於自己世界強國的優越感，不達目的絕不會收手。

中國如何突圍？

第一，做好內循環。所謂內循環不是放棄出口，也不是單純地「出口轉內銷」，而是要激活存量，尋找新需求，讓消費升級。比如家電下鄉、彩電換數字電視、普通洗衣機換自動洗衣機等。未來商品種類會更豐富，可供大家選擇的產品會更多，作為企業家要考慮如何在眾多產品中脫穎而出。如何做出受大眾歡迎的產品。未來產品更要拚質量、拚服務，打鐵還需自身硬。

第二，提高對外開放水平。大國的崛起離不開高水平的對外開放，閉關鎖國只會讓一國更落後。自 2009 年以來，中國已成為世界貨物貿易出口第一大國和進口第二大國。中國開放的大門不會關閉，只會越開越大。近年來，境外金融機構加速佈局中國業務，在企業電信市場，國家應主動向全球開放。從 2022 年起，我國取消乘用車外資股比限制，取消合資企業不超過兩家的限制，汽車外資投資將全面開放，等等。其他行

業的人要有危機意識，不思改革進取的企業和個人注定會被淘汰。

　　第三，加快國產替代化。中國要想成功實現產業升級，不再受美國等西方國家的制裁和打壓，同時要讓高端製造、高新科技、新能源等走向世界賺取更高利潤，必然會加快一些「卡脖子」技術的攻關，使之實現國產化。比如芯片、大飛機、高端發動機等，其中任意一項的突破和國產化，都能帶來眾多的就業崗位。面對中國的突圍之路，你準備好了嗎？

後 記

穿過寒冬擁抱你

在這本書快要完成之際，我被隔離在江西的酒店裡。入冬的天氣還不算冷，但我已經感到了陣陣寒意。

2022 年趕上了天災，又遭遇了戰爭。有失業的，下崗的，找不到工作的，還不上房貸的，商舖關門的，老闆開網約車的，送外賣的，林林總總。還有老闆欠薪的，半年沒發工資的，打零工結不到薪水的。總而言之，2022 年的日子很難過。沒有哪個行業敢說自己是風口，沒有哪家企業敢說自己賺了大錢，沒有哪個人敢說自己過得逍遙，這就是經濟寒冬的表現。目前，各行各業、不同企業、每一個人都有過不去的坎兒，中國經濟不景氣，世界經濟也好不到哪兒去。

先來說說我自己。兩年前我轉戰線上教學，做起了短視頻。很多人都覺得平台賺錢容易。殊不知，要想做好一個短視

頻，讓網友都喜歡看，就是使出吃奶的勁兒也未必能行。這是內容為王的時代，也是各路人才輩出的時代。現在流量競爭結束，存量競爭開始了。一個 IP 如果想活下來，就要擁有獨門絕技，有源源不斷的內容更新，還要能持續不斷地提供精神食糧，因為「這個世界沒有免費的午餐」。如果你不努力就無法活下去。有人說：「我努力了也活得很難。」我想說：「至少你還有希望。」

我之所以寫這樣一本書，並不是想製造緊張氣氛，我只想思考一個問題：為甚麼現在全球經濟進入了寒冬？這個寒冬是由甚麼引起的？世界發生了甚麼？未來將會怎樣？我想把這些思考寫出來與大家分享，我們該如何度過這個寒冬。

寒冬對每個人都是相同的。也許有人會說，寒冬對他沒甚麼影響。殊不知，當今世界彼此相連，南美洲亞馬遜河上的蝴蝶翅膀一扇動，美國就會發生颶風。新冠病毒感染疫情波及全球，誰能擺脫得了；戰爭導致物價和油價猛漲，人們需要吃飯開車；美國加息，各國經濟都出現了問題。誰能說自己沒受到影響？通脹來了，你口袋裡的錢縮水了；經濟不景氣，你工作的企業倒閉了；一旦失業，你的房貸就還不上了；等等。對一個國家來說，度過這場寒冬就更難了。

從另一個角度看，寒冬出現未必全是壞事。不經過寒冬，

不刺破泡沫，不及時止損，就可能有更大的災難在等着我們。企業經過裁員、員工通過降薪把不好的趨勢扭轉過來，瘦身後的企業可以輕裝上陣，個人可以提高技能，找到新工作，經濟會慢慢好起來。

基於此，我寫了這本書，寒冬來了怎麼辦？我想穿過寒冬擁抱你，把溫暖傳遞給你。讓我們抱團取暖，度過這場寒冬，迎接春天的到來。

韓秀雲

2022 年 11 月 12 日於江西吉安

責任編輯	陳　菲
書籍設計	彭若東
排　　版	高向明
印　　務	馮政光

書　　名	經濟寒冬怎麼過
叢書名	焦點
作　　者	韓秀雲
出　　版	香港中和出版有限公司 Hong Kong Open Page Publishing Co., Ltd. 香港北角英皇道 499 號北角工業大廈 18 樓 http://www.hkopenpage.com http://www.facebook.com/hkopenpage http://weibo.com/hkopenpage Email: info@hkopenpage.com
香港發行	香港聯合書刊物流有限公司 香港新界荃灣德士古道 220–248 號荃灣工業中心 16 樓
印　　刷	中華商務彩色印刷有限公司 香港新界大埔汀麗路 36 號中華商務印刷大廈
版　　次	2023 年 6 月香港第 1 版第 1 次印刷
規　　格	32 開 (147mm×210mm) 256 面
國際書號	ISBN 978-988-8812-99-8